Axel Berger

Der Grabräuber

**Axel Berger**, 1971 in Bremen geboren, ist Publizist sowie Gründer und Mitinhaber der Werbeagentur Mangoblau. Mit seiner Lebensgefährtin Marlies Mittwollen und einem Hund lebt und arbeitet er überwiegend in Oldenburg (Oldb.). 2013 erschien mit »Der Fallensteller« sein Krimidebüt.

Mehr Informationen zu den Romanen von Axel Berger finden Sie im Internet unter
www.oldenburgkrimis.de
oder auf Facebook:
www.facebook.com/oldenburgkrimis
www.axelberger.com

Für Informationen zu Neuerscheinungen und Buchempfehlungen des Schardt Verlags schicken Sie uns gerne eine E-Mail mit dem Stichwort »Oldenburg« an
kontakt@schardtverlag.de

Axel Berger

# Der Grabräuber

Der zweite Fall für Vollmers, Frerichs & Melchert

Kriminalroman

Schardt Verlag

Originalausgabe – Erstdruck

Bibliografische Information *Der Deutschen Bibliothek*

Die Deutsche Bibliothek verzeichnet diese Publikation in der *Deutschen Nationalbibliografie;* detaillierte bibliografische Daten sind im Internet über *www.d-nb.de* abrufbar.

Besuchen Sie uns im Internet:
**www.oldenburgkrimis.de**
**www.schardtverlag.de**

Titelbild: Oliver Berkhausen
Umschlaggestaltung: Marlies Mittwollen, Mangoblau GbR
www.mangoblau.de

1. Auflage 2014

Copyright © by
Schardt Verlag
Metzer Str. 10 A
26121 Oldenburg
Tel.: 0441-21779287
Fax: 0441-21779286
E-Mail: kontakt@schardtverlag.de
www.schardtverlag.de

ISBN 978-3-89841-767-9

*»Was ich kann und was ich könnte, weiß ich gar nicht mehr. Gib mir wieder etwas Schönes, zieh mich aus dem Meer. Ich höre dich rufen, Marian! Kannst du mich schreien hören, ich bin hier allein. Ich höre dich rufen, Marian! Ohne deine Hilfe verliere ich mich in diesem Ort ...«*

*(The Sisters of Mercy – Marian)*

## Prolog

Geduckt schlichen sechs in schwarze Gewänder gehüllte Gestalten durch das hintere Eingangstor des Friedhofs Donnerschwee. Ohne einen Laut von sich zu geben, glitten sie durch die dunkle, mondlose Nacht an der alten Friedhofsmauer entlang. Den schwarzen VW Kleintransporter mit den abgeklebten Scheiben hatten sie in einer Ecke an der Ammergaustraße auf Höhe der Kranichstraße abgestellt, so dass – sollten sie bei ihrem Tun entdeckt werden – sie sofort flüchten konnten.

Sie waren auf der Suche nach dem »ersten Grab«, dem Grab, das hier bereits im Jahre 1878 ausgehoben worden war und somit den Donnerschweer Friedhof begründete. Für sie wurde es damit zu einem mystischen Ort, hier wollten sie in dieser Nacht ihr Ritual abhalten. Doch die Suche auf dem etwa 1,5 Hektar großen Friedhof gestaltete sich schwieriger als gedacht. Auf der Website der evangelischen Kirchengemeinde Ohmstede hatte man zwar mitgeteilt, dass das Grab auch heute noch immer zu finden sei, aber nicht näher beschrieben, wo es genau lag. Damit es schneller ging, hatten sie sich aufgeteilt, über Mobiltelefon wollten sie Kontakt aufnehmen, sobald eine Gruppe fündig geworden war.

In zwei Gruppen schlichen sie nun im Schatten der alten Bäume über den Friedhof, kreuz und quer zwischen den Gräbern hindurch, vorbei an der Friedhofskapelle, dem hölzernen, spitz zulaufenden Glockenturm, den fünfzehn steinernen

Kreuzen und dem Gedenkstein für die Opfer des Zweiten Weltkrieges. Von besagtem ersten Grab fehlte weiterhin jede Spur. Nach einer weiteren Stunde der vergeblichen Suche hielten sie kurz inne, um sich zu orientieren.

Ein ungemütlicher Wind war aufgekommen und jagte das erste Laub durch die kühle Herbstnacht. Leise konnte man das Rauschen der nahen Autobahn vernehmen. Ein leichter Bodennebel fing an sich zu bilden und stieg träge von den Gräbern auf. Unweit entfernt bellte heiser ein Hund.

Als sie in die Nähe des Urnenfeldes kamen, stockten sie plötzlich. Ein leises Rascheln und ein paar unterdrückte Laute drangen dumpf zu ihnen herüber. Im Dunkel vor ihnen flammte für einen Moment eine Taschenlampe auf, ihr Lichtkegel verpasste sie nur um Haaresbreite. Blitzschnell warfen sie sich auf den Boden und suchten hinter dem imposanten Familiengrab einer zu ihrer Zeit sehr angesehenen Oldenburger Kaufmannsfamilie Deckung. Sie waren nicht allein. Irgendjemand anderes trieb sich ebenfalls hier herum. Möglicherweise hatte die Polizei auf die zunehmenden Friedhofsschändungen der letzten Zeit reagiert und zusätzliche Streifengänge über die Oldenburger Friedhöfe angesetzt.

Sie lauschten in die Finsternis. Es herrschte wieder undurchdringliche Schwärze und Stille. Wer sich auch immer da vor ihnen in der Dunkelheit verbarg, es war auf jeden Fall besser, ihm nicht über den Weg zu laufen ...

# 1

Die Nordwest-Zeitung berichtet:

***Teufelsanbeter und Satanisten am Werk? Dritter Friedhof in Folge geschändet. Zeugen gesucht***

*Nach dem Waldfriedhof Ofenerdiek und dem Neuen Osternburger Friedhof wurde nun auch der Friedhof Donnerschwee Opfer von unbekannten Vandalen. Wie schon auf den beiden anderen Friedhöfen zerstörten die Täter diverse Grabanlagen, stürzten Grabsteine um, verwüsteten zwei Urnenfelder und ein Urnengrabmal. Dabei wurden die Urnen aus ihren Grabstellen entnommen, geöffnet und die Asche weitläufig verstreut. Zusätzlich wurden Grablichter und -verzierungen entwendet. Die Täter gingen mit äußerster Rücksichtslosigkeit und großer Zerstörungswut vor – bisher fehlt jedoch jede Spur. Ein an allen drei Tatorten entdecktes, mit Sprühfarbe aufgebrachtes Symbol gibt den Ermittlern ebenfalls Rätsel auf.*

*Eine Verbindung zur Schwarzen Szene oder satanistischen Kreisen wird nicht ausgeschlossen.*

*Die Polizei bittet um Mithilfe. Eventuelle Zeugen oder Personen, die weiterführende Hinweise geben können, werden gebeten, sich bei den ermittelnden Behörden zu melden.*

## 2

Für den flüchtigen Betrachter im Dunkeln verborgen, standen auf der Friedhofsmauer an der Kreuzung Alexander- und Nadorster Straße neben dem eisernen Eingangstor die eingemeißelten Worte »Oh ewich ist so lanck«. Eine Plüschfigur, die orangefarbene Maus aus der gleichnamigen Kindersendung, saß auf der Mauer und blickte in die Nacht. Ein grünes Schild warnte vor dem eingeschränkten Winterdienst. Der St. Gertrudenkirchhof entstand im Mittelalter und wurde wegen seiner abgelegenen Lage zur Bestattung von unheilbar Kranken oder ansteckenden Patienten aus dem erstmals 1345 erwähnten Siechenhaus bei der Gertrudenkapelle benutzt. Ab dem 17. Jahrhundert ließen sich hier andere Oldenburger und außergewöhnliche Persönlichkeiten beerdigen. Nach der Auflösung des Lambertifriedhofs um 1791 war der Gertrudenkirchhof bis 1874 der einzige Friedhof der Stadt.

Leise schlich er vom Haupteingang kommend weiter an der sagenumwobenen Linde und der Gertrudenkapelle vorbei in Richtung Mausoleum. Jetzt nur kein Geräusch verursachen! Links von ihm leuchtete die Reklame des neuen B&B-Hotels, das an der Alexanderstraße, fast genau gegenüber dem alteingesessenen Hotel Sprenz, vor kurzem seine Pforten geöffnet hatte. Früher hatte an dieser Stelle eine Diskothek namens Renaissance die Besucher gelockt, dann stand das Gelände eine Ewigkeit leer. Jetzt luden 94 klimatisierte Zimmer Touristen und Geschäftsleute aus aller Welt ein.

Er ließ das um diese Zeit verschlossene Toilettenhäuschen rechts liegen, ging an den angeketteten Gießkannen vorbei und nahm Kurs auf die anmutig dastehende Madonna zu seiner Linken. In einiger Entfernung schien sich im Dunkeln etwas zu bewegen. Das kurze Aufflackern einer Taschenlampe ließ ihn zusammenzucken. Was war da los? Wer streunte zu dieser Zeit noch hier auf dem Friedhof herum? Die Junkies von der Rose 12 doch wohl hoffentlich nicht schon wieder! Er riskierte vorsichtig einen Blick. Das Licht war verschwunden. Wurde hier etwa eine schwarze Messe abgehalten? Schon zweimal hatte er ein paar Kids vertreiben müssen. Unlängst, noch vor den Schändungen am Donnerschweer Friedhof, hatte er eine Gruppe jugendlicher Emos verjagt, die dort ihr Unwesen getrieben hatte. Im Grunde nichts von Bedeutung. Nichts Ernstes, aber nichtsdestotrotz ärgerlich und nervig. Oder waren das diese verfluchten Friedhofsschänder? Er duckte sich hinter eines der uralten Kreuze, die in stummen Reihen seit vielen Jahrzehnten über die Toten wachten.

Der Schmerz traf ihn völlig unvorbereitet. Instinktiv glitt seine Hand an den Hinterkopf. Warmes Blut tropfte von seiner Handfläche. Heino Brandhorst wollte sich umdrehen. Ein weiterer Schlag traf ihn, diesmal an der linken Schläfe – ein weiteres Mal wollte sein Kopf vor Schmerzen explodieren ... Aus dem Augenwinkel nahm er schemenhaft eine schwarzgekleidete Gestalt wahr, als ihm ein letzter Schlag die Nase brach und es um ihn herum für immer dunkel wurde ...

# 3

Die Nordwest-Zeitung berichtet:

## Jüdischer Friedhof in Oldenburg zum zweiten Mal in drei Jahren geschändet

*In der Nacht zu Sonntag wurden acht Grabsteine mit Hakenkreuzen besprüht, Grabstätten geschändet und an die Friedhofshalle das Wort »Jude« geschrieben. Die Jüdische Gemeinde zu Oldenburg zeigt sich gleichermaßen betroffen, entsetzt und empört über die wiederholte Schändung des Friedhofs in der Dedestraße.*

*Hintergrund: Bereits im November 2011 beschmierten fünf vermummte Personen den jüdischen Friedhof mit Farbbeuteln. Ein Polizist, der versuchte, sie zu stellen, wurde mit Pfefferspray angegriffen. Die Täter entkamen. Die Polizei verdächtigte damals unter anderem auch Mitglieder der NPD. Ein 21-jähriger Neonazi wurde ein Jahr später zu zwei Jahren auf Bewährung verurteilt. Die Polizei ermittelt mit Nachdruck in alle Richtungen, hält aber einen 32-jährigen Neonazi für dringend tatverdächtig. Beamte hatten ihn am Abend zuvor gestellt, nachdem Bürger ihn bei Hakenkreuz-Schmierereien an einer Autobahnbrücke beobachtet hatten. Außerdem wurden diverse Aufkleber von »FSN TV«, dem Neonazi-Netzwerk »Freies Netz« und der NPD-Jugendorganisation »Junge Nationaldemokraten« an Laternenpfählen in der Umgebung des Friedhofs gefunden. Die 2013 neu gegründete »Kamerad-*

*schaft Oldenburg«, die auch unter dem Namen »Besseres Oldenburg« agiert, steht ebenfalls im Visier der Ermittler. Ob diese Tat eventuell mit den jüngsten Vorkommnissen auf anderen örtlichen Friedhöfen zusammenhängt, ist zurzeit noch unklar.*

*Gegen Neonazis, gegen die Friedhofsschändung und aus Solidarität mit der jüdischen Gemeinde riefen Oldenburger Bürger zu einer Mahnwache auf.*

»Dieser Nazi-Scheiß. Ich könnte kotzen, wenn ich sowas heutzutage immer noch lesen muss!« Wutentbrannt fegte Anke Frerichs die Nordwest-Zeitung vom Tisch. Die Media-Markt-Beilage segelte durch die Luft und landete mit einem abschließenden Salto auf der Kaffeemaschine.

»Nun komm mal runter. Diesen gehirnamputierten braunen Idioten ist nicht zu helfen. Kriegen im Leben nichts gebacken und machen trotzdem einen auf dicke Hose und geben den anderen die Schuld. Deine Kollegen werden die Schweine schon kriegen«, versuchte Tanja Bremer ihre Freundin zu beruhigen, die aufgebracht durch die Küche tigerte.

»Ich bin es einfach leid! Irgendwann muss doch mal gut sein, oder nicht? Irgendwann muss doch mal Ende sein mit ›Heil Hitler‹, der Ausländer-, Juden,- Schwulen- und Lesbenfeindlichkeit ... und dem ganzen Kram. Oder?«

Tanja Bremer faltete den Prospekt wieder zusammen. »Du hast ja recht. Die Menschheit braucht anscheinend noch etwas, um das zu begreifen. Man kann nur eins tun, und das ist dranbleiben, aufklären, beraten und die Unbelehrbaren einsperren, wenn sie erwischt werden.«

Die Kommissarin ließ sich auf ihren Stuhl fallen und fuhr sich durch die Haare. »Manchmal kotzt mich dieser ganze Scheiß so unendlich an. So viele Jahre. Immer kämpfen, fordern, was einem eigentlich rechtmäßig zusteht, wieder kämpfen, klagen, demonstrieren und und und ...«

Tanja stand auf, ging zu Anke hinüber und nahm sie in den Arm. Nach einer kleinen Ewigkeit des Beieinanderstehens löste die Kommissarin sich aus der Umarmung und fing erschöpft und traurig an, die verstreute Zeitung wieder einzusammeln.

# 4

Enno Melcherts Wunden waren zügig verheilt, und die durch die mit Exkrementen bestrichenen Pfahlspitzen verursachte Blutvergiftung hatten die Ärzte ebenfalls schnell in den Griff bekommen. Er hatte sich körperlich einigermaßen vom Anschlag, den der Fallensteller auf ihn und seine Kollegin Anke Frerichs verübt hatte, erholt, aber seine Psyche war mit dem Thema nicht durch. Regelmäßig wurde er nachts schweißnass und mit rasendem Herzen von Albträumen aus dem Schlaf gerissen. Immer wieder verfolgten ihn die gleichen Bilder. Immer wieder der gleiche Ablauf: Er und Anke Frerichs, vom Jagdfieber blind, rissen die Zimmertür von Thorsten Harders auf und stürmten ohne jede Vorsicht in den leeren Raum. Noch ehe sie begriffen, was geschah, raste eine mit angespitzten Pfählen bestückte Holzkonstruktion von der Zimmerdecke auf sie herab. Sie waren in eine sogenannte Punji Trap gelaufen. Eine Falle, die damals von dem Vietcong im Vietnamkrieg gegen die Amerikaner eingesetzt wurde. Das Entsetzen, als sie die Unausweichlichkeit der Situation begriffen, die Schmerzen, die Dunkelheit – immer wieder ließ ihn sein Unterbewusstsein die wohl schlimmsten Sekunden seines Lebens durchleben – so auch in dieser Nacht.

Der 32-jährige, einsneunzig große, gebürtige Leeraner war vor einigen Jahren über Umwege zur Polizei gekommen. Zunächst hatte er ein Journalismus-Studium abgeschlossen und dann später für verschiedene Zeitungen gearbeitet. Dort hatte er vorrangig über Kriminalfälle berichtet. Irgendwann wollte er nicht nur über Mord und Totschlag schreiben, er wollte mitmischen. Also hatte er sich bei der Polizei beworben. Nach der Ausbildung in der Polizeiakademie in Bloherfelde hatte man ihn direkt zu Anke Frerichs und Werner Vollmers in das 1. Fachkommissariat für Straftaten gegen Lebens-, Gewalt- und Sexualdelikte, im Präsidium am Friedhofsweg 30, versetzt. Über die Jahre waren sie zu einem guten Team zusammengewachsen und konnten sich auf einander verlassen – auch wenn es mal brenzlig wurde. Das wusste Enno Melchert zu schätzen, das gab ihm Halt.

Besonders seine Kollegin Anke Frerichs lag ihm am Herzen. Aber auch Werner Vollmers hatte einen ganz besonderen Platz in seinem Leben eingenommen, ersetzte er, zumindest bis zu einem gewissen Grad, doch den Vater, den er nie gehabt hatte. Ennos Eltern hatten sich schon früh getrennt. Über seinen Vater wusste er nicht viel. Eine alte, vergilbte Fotografie, auf der ein schlanker, großgewachsener Mann in Matrosenuniform in die Kamera lächelte, war das Einzige, was ihm von seinem Erzeuger geblieben war. Alles, was seine Mutter ihm über ihn hätte sagen können, hatte sie vor zehn Jahren mit ins Grab genommen.

Enno wusste, dass er nach diesem Traum nicht wieder in den Schlaf finden würde. Also war er aufgestanden, hatte geduscht und war, nicht ohne sich vorher beim Burger King gegenüber seiner Wohnung einen Milchkaffee rauszuholen, ins Präsidium gefahren. Die Cloppenburger Straße war zu dieser Zeit wie ausgestorben. Außer einem Krankenwagen, der mit ausgeschalteten Warnleuchten auf dem Weg zurück ins Klinikum fuhr, und ein paar übrig gebliebenen Nachtschwärmern, die sichtlich angetrunken nach Hause torkelten, war niemand unterwegs. Nach nicht einmal zehn Minuten kam er am Friedhofsweg an, stellte den Scirocco auf seinen angestammten Platz und ging zum Eingang hinüber. Auch hier war um diese Zeit nicht viel los. Nur vereinzelt blinzelte ein beleuchtetes Fenster müde in die Nacht, hinter dem die Kollegen der Nachtschicht ihren Dienst verrichteten. In seinem Büro angekommen, betätigte er den Lichtschalter, die Neonröhren begannen nach kurzem Zögern ihren summenden Dienst. Er hängte seine Jacke über die Stuhllehne, setzte sich an seinen Schreibtisch und schaltete den Rechner an. Nachdem der hochgefahren war und Enno sich am Hauptserver des Präsidiums angemeldete hatte, startete automatisch die schwarze Eingabemaske von einem Internetanbieter für Musik. Auch hier loggte er sich ein und wählte eine Playlist mit dem Titel »Black 80s« aus. »I still believe in God, but God no longer believes in me«, tönte es Sekunden später aus den Lautsprechern neben seinem Monitor. »Wasteland«, Enno liebte diesen Song von The Mission ganz besonders. Irgendwie passte er gerade ausgezeichnet zu seiner Stimmung. Er musste gähnen.

Um sich jetzt mit einem ihrer aktuellen Fälle zu beschäftigen, fühlte er sich nicht wach genug, also beschloss er, etwas aufzuräumen. Neben dem Fallensteller hatten sie in diesem Jahr noch ein paar andere Fälle auf Trab gehalten. Da aus Sicherheitsgründen neben den digitalen Fallakten eine herkömmliche Akte angelegt werden musste und so zusätzlich eine Unmenge an Papierkram produziert wurde, gab es immer genug zu archivieren – und das zählte zu seinen Aufgaben. Recherche und Archiv: Enno Melchert, »Die drei ???« ließen grüßen.

Thorsten Harders und seine Gräueltaten hatte er, zumindest was die Fallakte betraf, ins Archiv verbannt. In seinem Kopf waren sie immer noch präsent. Letztendlich hatten sie ihn irgendwie geschnappt, aber irgendwie auch nicht. Auf eine unbestimmte Weise fühlte es sich für Enno und seine Kollegen an, als ob der Fallensteller sie zum Schluss ausgetrickst hatte und ihnen dann doch noch entkommen war. Er hatte bis zu seinem spektakulären, bis ins kleinste Detail wohlinszenierten Ende die Fäden in der Hand gehabt. Das schmerzte die drei Ermittler bis ins Mark – auch die nicht unbedingt schmeichelhaften Berichte in der Presse trugen ihren Teil dazu bei, dass sie sich nicht allzu schnell besser fühlten, obwohl Harders' Triumph schlussendlich nicht ganz perfekt gewesen sein dürfte, denn Anke Frerichs und Enno Melchert hatten überlebt.

Nachdenklich starrte Enno an dem »Jingle Bells« spielenden Plüschrentier, das neben Vollmers' altem Kaktus auf der Fensterbank stand, vorbei, hinaus in die Nacht.

Mittlerweile tönte »Bela Lugosi's dead« von Bauhaus durch das Büro, als sich Enno Melchert dran machte, die Überbleibsel einer vorangegangenen Mordermittlung wegzuräumen und für das Archiv vorzubereiten, die sie kurz vor dem Fall Thorsten H. abgeschlossen hatten.

Im Juni hatte man einen 64-jährigen Obdachlosen in Höhe des Pius-Hospitals tot in der Haaren gefunden. Die Todesursache war Ertrinken. Aber schon am Fundort waren ihnen die vielen Hämatome und Prellungen, die sich später in der Rechtsmedizin als Spuren einer heftigen körperlichen Auseinandersetzung herausstellten, aufgefallen. Zusätzlich wies sein Blut einen nicht unerheblichen Alkoholgehalt auf. Um eventuell weitere Spuren am Fundort der Leiche zu entdecken, hatten sie einen Taucher der Bereitschaftspolizei angefordert, der unter Begleitung eines örtlichen Fernsehteams die Haaren absuchte. Ein öffentlicher Aufruf hatte sie schließlich auf die richtige Spur gebracht. Mehrere Zeugen hatten das Opfer am Vorabend des Leichenfundes mit zwei Männern gesehen und über einen Streit berichtet. Vollmers und Anke Frerichs hatten nicht lange gebraucht und die zwei Gesuchten ermittelt. Beim anschließenden Verhör waren sie schon nach kurzer Zeit zusammengebrochen, und der jüngere der beiden legte ein Geständnis ab. Das Opfer und einer der Männer, ebenfalls aus dem Obdachlosenmilieu, waren unterwegs zur Ofener Straße gewesen. Der zweite folgte ihnen mit dem Fahrrad und holte sie auf Höhe der Fußgängerbrücke bei der Cäcilienschule ein. Hier entwickelte sich dann ein Streit, in dessen Folge der Mann über das Geländer der Brücke gestoßen wurde und in der Haaren ertrank.

Nachdenklich schloss Enno Melchert die Akte, legte sie mit den anderen Dingen, Fotos, Protokollen oder Zeitungsartikeln, in eine dafür vorgesehene Box und beschriftete diese sorgfältig: Mordfall Klaus-Dieter S. – Juni/Juli 2013.

## 5

Schweigend standen Anke Frerichs und Werner Vollmers vor dem offenen Grab von Dr. Wilhelm Heinrich Schüßler auf dem St. Gertrudenkirchhof. Aus toten Augen starrte sein Konterfei von seinem Grabmal aus über den Gottesacker. Jemand hatte mit einem Spaten ein Loch gegraben und die Erde auf den Weg geschaufelt. Das weiße Kunststoffschild, das hier normalerweise montiert war und interessierte Besucher über das Leben und Wirken des Arztes informieren sollte, war achtlos beiseite geworfen worden. Die Blumen, die zuvor das Grab geziert hatten, lagen verstreut auf dem Weg hinter den zwei Büschen, die neben seinem Denkmal aufragten.

Die Hände tief in den Taschen ihrer Mäntel, die Kragen hochgeschlagen, standen sie noch eine Weile zusammen da. Die hübsche, dezent geschminkte, blonde Kommissarin überragte ihren Kollegen fast um einen ganzen Kopf, daran konnte auch der alte Schlapphut, den Vollmers zum Schutz vor der Kälte aufgesetzt hatte, nichts ändern.

Eine bedrückende Atmosphäre lag über der Szenerie. Hinter ihnen wartete das Mausoleum, stumm und unbeeindruckt in dicke Laken gehüllt und von Gerüsten umzingelt, geduldig auf seine Restauratoren. Millionen hatte die Restaurierung verschlungen, die von der Deutschen Stiftung Denkmalschutz, dem Land Niedersachen, der Öffentlichen Versicherung und der OLB-Stiftung finanziert wurde und fast zwei Jahre dauerte.

Das Mausoleum wurde von 1786 bis 1790 auf Veranlassung von Herzog Peter Friedrich Ludwig von Holstein-Oldenburg errichtet. Außen als schlichter, säulenloser dorischer Tempel gestaltet, verfügt das Bauwerk über einen beeindruckenden Innenraum, in dem die Oldenburger Herzöge und deren Angehörige ihre letzte Ruhestätte fanden.

Es war 7.45 Uhr in der Früh, und die ersten Kinder fanden sich auf dem Schulhof der Heiligengeisttorschule an der Ehnernstraße ein. Stimmengewirr und das Läuten von Fahrradklingeln tönte gedämpft über die Mauer zu ihnen hinüber. Die Nadorster Straße, die schräg hinter ihnen verlief, füllte sich stetig. Ein immer stärker werdender Strom von Autos und Fahrrädern floss in Richtung Innenstadt.

Nebelschwaden trieben über den Friedhof. Die Szenerie erinnert an einen billigen Gruselstreifen von Edgar Wallace. Fehlte nur noch ein durchgedrehter Klaus Kinski, der, wirres Zeug stammelnd, hinter einer der Grabstätten hervorgetorkelt kam. Doch nichts dergleichen geschah.

Vollmers griff in seine Tasche und förderte eine Schachtel Boston und ein altes goldenes Dupont-Feuerzeug zutage, das er seinem Sohn vor vier Jahren zu einem echten Schnäppchenpreis abgekauft hatte, als der zu rauchen aufgehört hatte. Nachdem er eine Zigarette aus der Schachtel befreit hatte, ließ er den Deckel des Dupont aufspringen. Die Hand schützend vor die im Wind tanzende Flamme haltend, zündete Vollmers die Zigarette an, nahm einen kräftigen Zug und ließ dann seinen Blick über den Friedhof und zurück zu dem Grab vor ihnen schweifen. Anke Frerichs' missbilligenden Blick ignorierte er.

»Was wollen wir hier eigentlich?« fragte sie, nachdem Vollmers nach ein paar weiteren Zügen immer noch keine Anstalten machte, ihr zu erklären, was zwei Kommissare vom Dezernat 1 an dem Grab eines 1898 verstorbenen Arztes wollten, das offenbar von irgendwelchen Vandalen geschändet worden war.

»Wolf Krämer hat mich gebeten, ob wir uns die Sache hier nicht mal ansehen könnten. Es ist der fünfte Fall von Grabschändung in den letzten Wochen«, sagte Vollmers und kniete sich hin, um besser in das etwa zwei Meter tiefe Loch schauen zu können. Von hier aus konnte man grob die Umrisse eines aufgebrochenen Sargdeckels erkennen. Er holte eine Taschenlampe hervor und leuchtete in die Tiefe.

»So weit, so gut«, meinte Anke Frerichs, »aber ein seit über hundert Jahren Verstorbener fällt wohl trotzdem nicht in unsere Zuständigkeit.« Sie rieb sich fröstelnd über die Oberarme. Für Anfang Oktober war es viel zu kalt.

»Da hast du eigentlich recht, aber ich glaube nicht, dass dieser hier schon so lange tot ist«, sagte Vollmers, der den Lichtstrahl der Taschenlampe auf eine aus dem Sarg herausragende Hand gerichtet hielt ...

Keine dreißig Minuten später wimmelte es auf dem St. Gertrudenkirchhof von Leuten; die Mitarbeiter der Spurensicherung und Rechtsmedizin waren eingetroffen. Geräte wurden angeschleppt und in Stellung gebracht. Das gesamte Umfeld wurde bei der Suche nach eventuellen Spuren auf den Kopf gestellt. Zu ihrer großen Freude erblickte Anke Frerichs unter den vielen, in weiße Overalls gehüllten Polizisten ein bekanntes Gesicht.

Sie hatte Torben Kuck vor ein paar Wochen bei einem Leichenfund am Museum am Damm kennengelernt. Er war als Mitarbeiter der Spurensicherung aus Wilhelmshaven vor Ort gewesen und hatte ihr das Leben gerettet. Sie fanden sich sofort sympathisch. Man konnte ihr Verhältnis als locker, aber professionell beschreiben. Kuck hatte sehr schnell gemerkt, dass er bei Anke nicht landen konnte. Da sie aber ansonsten auf einer Wellenlänge lagen, bahnte sich etwas an, was zu einer echten Freundschaft werden konnte.

»Torben«, Anke Frerichs lief mit einem Lächeln auf ihn zu und umarmte ihn herzlich. »Gut siehst du aus. Du kannst einfach alles tragen«, lachte sie und zupfte an seinem »Ganzkörperkondom«.

»Oh Mann, Anke – hör auf!« antwortete er grinsend, und mit erhobener Stimme sagte er: »Das hat mir Guido Maria Kretschmer anlässlich seiner letzten Show bei Leffers mitgebracht.« Er drehte sich einmal im Kreis und machte ein paar ausschweifende Gesten, als würde er auf dem Laufsteg posieren. »Ich bin mir irgendwie unsicher. Ich weiß nicht, ob ein Gürtel meine Taille besser zur Geltung kommen lassen würde – oder vielleicht ein schöner Pullunder?«

Vollmers trat zu den beiden. Torben Kuck begrüßte ihn ebenfalls herzlich, aber mit großem Respekt. Er war ein Fan von Vollmers und freute sich, dass er mit dem altgedienten Kommissar zusammenarbeiten durfte.

»Morgen, Kuck, gut, dass Sie da sind. Können Sie gleich anfangen?«

Torben Kuck räusperte sich verlegen. Er nickte und machte sich umgehend an die Arbeit, während ein weiterer Kollege begann, den Tatort mit dem obligatorischen Absperrband abzusichern. Zwei Polizeifotografen waren auf dem Friedhof unterwegs und machten Aufnahmen der verwüsteten Gräber. Auf der Ehnernstraße, über die Mauer hinweg, entdeckte Vollmers einen alten Bekannten: Lars Unruh von der Nordwest-Zeitung. Auch er machte Fotos, traute sich aber nicht näher heran. Vollmers winkte ihm zu. Er war froh, dass der Reporter sie in Ruhe ihre Arbeit tun ließ. Unruh war einer von der professionellen Sorte. Er wusste, wann der richtige Zeitpunkt war. Zum Dank versorgten die Ermittler ihn des Öfteren zuerst mit interessanten Informationen. In Oldenburg wäscht eine Hand die andere, so war das eben. Enno Melchert flachste immer: »In Oldenburg muss man wissen, mit wem man wann schlafen muss, um an sein Ziel oder an bestimmte Informationen zu kommen, dann ist es alles ganz einfach.«

Kuck hatte mittlerweile sein ganzes Equipment um die Grabstätte von Dr. Schüßler verteilt und wollte gerade in das Grab hinabsteigen, als sich eine junge Frau unter der Absperrung durchbückte und näher herantrat. Ein uniformierter Polizist wollte sie zurückhalten. Kurzerhand zückte sie ihren Dienstausweis, der sie als Assistentin der Rechtsmedizin Oldenburg auswies, und er ließ sie passieren.

»Guten Morgen, Herr Kuck. Irena Barkemeyer.« Ihre Blicke trafen sich. »Elena Braun schickt mich, um Ihnen etwas über die Schulter zu gucken. Darf ich?«

Noch während sie das sagte, streifte sie sich ein paar Handschuhe über und kniete sich auf eine der beiden Metallplanken, die man neben die Öffnung platziert hatte, damit kein Abraum in das Grab fiel.

»Aber bitte, aber gerne«, entgegnete er und lächelte. Für einen kurzen Moment verharrten beide in ihrer Position.

Vollmers und Anke Frerichs beobachteten die zwei und tauschten Blicke aus. Sie grinsten.

»Kuck, Frau Dr. Barkemeyer, darf ich bitten?« unterbrach sie Vollmers schließlich.

Torben Kuck zuckte leicht zusammen und begann dann hektisch mit ein paar Gegenständen zu hantieren. Vorsichtig stieg er in die Tiefe hinab. Er stützte sich dabei auf zwei Balken, die an der Innenseite des Grabes dafür sorgten, dass er nicht auf die Leiche trat. Vorsichtig hob Kuck den an manchen Stellen gesplitterten, vermoderten Sargdeckel an und bugsierte ihn nach oben, wo ihn Irena Barkemeyer in Empfang nahm und in einen Plastiksack stecken ließ, um ihn später im Labor auf Spuren untersuchen zu können.

Die Leiche eines etwa dreißigjährigen Mannes kam zum Vorschein, sein Mund in einem Schmerzensschrei erstarrt, das Gesicht und die Haare verkrustet von Blut und Hirnmasse. Torben Kuck leuchte mit der Taschenlampe in die Tiefe. Ein Schwarm Fliegen stob davon, ein unangenehmer Geruch schlug ihm entgegen, der aber auf Grund der relativ niedrigen Temperaturen noch zu ertragen war. Unter dem Leichnam konnte er die Knochenüberreste von Dr. Wilhelm Heinrich Schüßler erkennen. Ein Schauer durchfuhr ihn. Die Enge des Grabes verursachte bei ihm ein klaustrophobisches Gefühl.

»Können Sie schon etwas Genaueres sagen?« fragte Irena Barkemeyer und riss ihn damit aus seinen Gedanken.

»Ich denke, Raubmord können wir ausschließen.« Torben Kuck reichte der Rechtsmedizinerin ein Portemonnaie, die es gleich an Anke Frerichs weitergab.

»Unser Opfer heißt Heino Brandhorst«, sagte die Kommissarin, »er kommt aus Oldenburg.«

Vollmers runzelte die Stirn. »Noch nie gehört den Namen. Gibst du die Info gleich an Enno weiter? Der soll schon mal anfangen zu recherchieren und im Büro alles vorbereiten.«

Anke Frerichs zückte ihr Handy und verfasste eine SMS an ihren Kollegen. Anschließend steckte sie die Geldbörse in einen kleinen Plastikbeutel und legte es zu den anderen Beweismitteln.

Vollmers war gerade damit beschäftigt, eine ältere Dame daran zu hindern, unter dem Absperrband durchzuschlüpfen, als jemand seinen Namen rief. Abgelenkt blickte er sich um und versuchte herauszufinden, woher und von wem er gerufen worden war.

Es war Steinmetzmeister Jan Wandscher, der ein Stück entfernt, halb hinter einer Familiengruft verborgen, stand und ihm zuwinkte. Vollmers grüßte zurück. Dann bedeutete der Steinmetz ihm, dass er ihn anrufen sollte.

Vollmers verstand, schüttelte aber den Kopf. »Ich komme nachher mal rum!« rief er Wandscher zu, was eine der älteren Damen mit Gemurmel quittierte.

Der Steinmetz nickte und verschwand.

Torben Kuck zog die Aufmerksamkeit wieder auf sich. »Ich hab hier noch was Interessantes.« Sein Arm ragte aus dem Grab, zwischen den Fingern hielt er ein metallisches, kleines Elektroteil.

»Was ist das?« fragte Anke Frerichs.

Er zuckte mit den Schultern. »Keine Ahnung.«

»Da muss ich im Moment ebenfalls passen«, ergänzte Irena Barkemeyer.

»Na gut, packen wir es erst mal zu den anderen Sachen.« Anke Frerich nahm das Teil in Empfang und steckte es in einen Beweismittelbeutel.

»Ich schaue mich hier noch ein bisschen um und gehe danach eben zu Jan Wandscher rüber. Kommst du hier klar?« fragte Vollmers seine Kollegin.

»Passt schon«, antwortete sie. »Sammelst du mich hier nachher wieder ein?«

Vollmers nickte, zündete sich eine Zigarette an und machte sich auf den Weg.

Im Grunde mochte er Friedhöfe. Für ihn waren es friedliche Orte. Besonders der St. Gertrudenkirchhof faszinierte ihn. Wenn man bei einem Friedhof von Schönheit sprechen konnte, dann war dieser hier ein echtes Juwel – zumindest für ihn. Er setzte sich auf eine Bank, zündete sich noch eine Zigarette an und genoss die Ruhe. In dieser Umgebung fiel ihm das Nachdenken leicht. Er musste schmunzeln.

Hatte ein hier ansässiger Schriftsteller nicht einen Kommissar geschaffen, der immer zum Nachdenken auf einen Oldenburger Friedhof ging? Ihm war so, als ob seine Frau ihm einmal etwas in diese Richtung erzählt hatte.

Endlich kam die Sonne etwas durch und wärmte seine durchgefrorenen Glieder. Er ließ seinen Blick umherschweifen, dann stand er auf, trat seine Zigarette mit der Schuhspitze aus und wandte sich zum Gehen.

Was mochte sich hier in der letzten Nacht bloß abgespielt haben?

# 6

Als Werner Vollmers den Hof des alteingesessenen Steinmetzbetriebes von der Lindenstraße aus betrat, hantierten Inhaber Jan Wandscher und einer seiner Gesellen, ein Baum von einem Mann, gerade mit einem Teil einer vierhundert Kilo wiegenden Grabeinfassung, die sie unter Zuhilfenahme eines Krans vom Lkw auf einen Handkarren umluden, um sie dann zur Bearbeitung in die Werkstatt zu bringen. Vollmers blickte sich auf dem mit Grabsteinen, Stelen und beschrifteten Grabtafeln zugestellten Hof um. Hinten in der Ecke stand ein dunkelgrauer Caddy neben der Werkstatt. Die Sonne versuchte sich ihren Platz am Himmel zu erkämpfen, die wild über den Himmel fegenden Wolken wehrten sich erfolgreich.

Ein mulmiges Gefühl beschlich ihn, und ein paar unangenehme Erinnerungen stiegen in ihm auf. Vor nicht allzu langer Zeit waren er und seine Frau in eigener Sache hier gewesen und hatten sich die ausgestellten Musterstücke angeschaut. Damals hatte die Ausstellung einen stimmigen, nahezu perfekten Eindruck gemacht. Heute störte ihn etwas, er konnte nur nicht sagen, was. Nachdenklich runzelte er die Stirn, während er nebenbei die Männer bei ihrer schweißtreibenden Arbeit beobachtete. Er beneidete sie nicht eine Sekunde. Mehrfach pendelte die massive Steinsäule so bedrohlich hin und her, dass sie den roten Laster zum Erzittern brachte und der Kran lauthals knarrend seinen Unmut bekundete.

Mehr als einmal mussten die beiden Steinmetze innehalten und neu ansetzen. Schließlich hatten sie es geschafft, und die etwa zwei Meter lange Grabeinfassung lag sicher verstaut auf dem Karren. Jan Wandscher stellte den Motor des Lkw ab. Mit einem letzten Schütteln erstarb die Maschine. Augenblicklich durchflutete Ruhe den Hof. Aus der Ferne konnte man das altvertraute Rauschen des Verkehrs an der Nadorster Straße vernehmen. In unmittelbarer Nähe fiel eine Autotür ins Schloss. Ob der Fahrer um die Ecke zum Werkzeugladen, in das angrenzende Bordell mit den süßen, überwiegend polnisch sprechenden, blutjungen Dingern oder in das versteckt im Hinterhof liegende Pornokino gehen würde, sollte man nie erfahren.

Mit einem offenen Lächeln kam der kräftige, etwa 1,75 Meter große Steinmetzmeister zu Vollmers herüber und streckte ihm seine Rechte entgegen, während er sich mit der linken Hand übers Kinn fuhr, um seinen spitz zulaufenden Bart zu bändigen. Für einen Moment lugte das Tattoo eines undefinierbaren Symbols an der Innenseite seines Handgelenks unter seinem Hemdsärmel hervor. Wie üblich trug er die traditionelle beigefarbene, von Staub überzogene Kleidung seiner Zunft: Weste, Hemd und eine an den Taschen lederbesetzte Cordhose. Dazu trug er feste Stiefel mit Stahlkappen. Seine kurzen, dunkelblonden Haare standen ihm kreuz und quer vom Kopf ab.

Vollmers und Wandscher kannten sich bereits eine ganze Weile, sowohl beruflich als auch privat. Der Steinmetz hatte vor einigen Jahren den Grabstein für die Mutter von Gabriele Vollmers, die auf einem Friedhof bei Bad Harzburg begraben wurde, gefertigt und aufgestellt.

»Vollmers. Sei gegrüßt. Bitte schau dich hier nicht zu genau um, ich weiß, die Ausstellung sieht schrecklich aus.« Der Steinmetz schob seine Brille mit dem Handrücken zurück auf ihre Position und deutete dann auf die Grabsteine. »Irgendwelche Metalldiebe haben mir die Beschriftungen ausgebrochen und geklaut. Da hält man auf den Friedhöfen Wache, um diese scheiß Vandalen zu schnappen, und dann beklauen die einen auf dem eigenen Grundstück. Ein schöner Griff ins Klo, würde ich sagen.« Er kratzte sich am Kopf.

Vollmers schwieg. Jan Wandscher wirkte unnatürlich, nervös und steif, fand der Kommissar.

Nun wurde ihm klar, was ihn die ganze Zeit über gestört hatte. Die metallenen Lettern auf den Grabsteinen fehlten, waren abgerissen oder aus dem Stein herausgebrochen worden. Er erinnerte sich, davon in einer Randnotiz der Nordwest-Zeitung gelesen zu haben.

»Sorry, ich bin noch nicht dazu gekommen, hier wieder alles ordentlich herzurichten«, fuhr der Steinmetz fort. Er zuckte mit den Schultern und wischte sich mit dem Unterarm ein paar restliche Schweißtropfen von der Stirn.

Vollmers war mit den Gedanken immer noch bei dem Zeitungsartikel. Also ergriff Jan Wandscher erneut das Wort: »Wisst ihr schon, wen es erwischt hat? Ich hab das Absperrband gesehen und mir gedacht, dass ihr sicherlich nicht wegen dem ollen Schüßler das volle Programm auffahrt, oder?« Verlegen trat er von einem Bein aufs andere.

Vollmers zögerte und rang innerlich mit sich. »Jan, eigentlich dürfte ich nichts sagen. Laufende Ermittlungen und so weiter, aber vielleicht kannst du mir ja irgendwie helfen. Der Tote heißt Heino Brandhorst.«

»Heino?« entfuhr es Jan Wandscher. »Du kanntest ihn?«

Der Steinmetz nickte. »Ich kannte Heino ganz gut. Ein angenehmer, wenn auch etwas schräger Typ.«

»Schräg? In welcher Beziehung?«

»Spielte in einer Band und hing viel mit diesen Gruftis rum. Hatte angeblich Verbindung zur Schwarzen Szene, sagt man, aber ansonsten …«

Vollmers runzelte die Stirn. »Hast du eine Ahnung, was der nachts um diese Zeit auf dem Friedhof wollte?«

Der Steinmetz zuckte mit den Schultern. »Entweder hielt er Nachtwache, du weißt ja sicherlich, dass hier momentan viel auf den Friedhöfen passiert, oder er hat sich mit seinen Leuten getroffen. Die halten manchmal Schwarze Messen auf dem Friedhof ab. Aber das hast du nicht von mir.«

»Okay. Meine Lippen sind versiegelt«, entgegnete der Kommissar. »Was meinst du, wer könnte es auf ihn abgesehen haben? Hatte er Feinde, oder ist er vielleicht irgendwem auf die Füße getreten? Oder ist dir gestern irgendwas Ungewöhnliches aufgefallen? Du kannst ja von deiner Wohnung aus auf den Friedhof sehen.«

Hinter ihnen bestieg der riesige Steinmetzgeselle den Lkw und setzte vorsichtig mit dem roten

Ungetüm zurück. Die beiden mussten Platz machen, damit er langsam vom Hof rollen konnte. Als er auf gleicher Höhe war, kurbelte er das Fenster herunter und sagte: »Ich bringe Grabstein von Janssen zu Friedhof Ofenerdiek. Gut?«

»In Ordnung, Drago, mach das«, sagte Jan Wanscher und wandte sich wieder dem Ermittler zu. »Das kann ich nicht sagen. So gut kannte ich Heino nun auch wieder nicht. Alles in allem ein echt korrekter Typ. Gestern? Nee, nichts Besonderes. Ich habe aber auch schon um neun Uhr gepennt. War völlig fertig. Wegen der Kleinen. Du weißt schon.« Er zwinkerte ihm zu.

Vollmers kramte in seiner Jackentasche nach seinen Zigaretten. »Auch eine?« Der Kommissar streckte dem Steinmetz die Packung entgegen. Der nahm das Angebot dankend an. Seit er Vater eines Mädchens war, versuchte er, sich das Rauchen abzugewöhnen – was ihm aber nur sehr schleppend gelang.

Vollmers gab ihm Feuer. Kurz danach standen sie in blauen Rauch eingehüllt da und schwiegen.

Schließlich ergriff Jan Wandscher erneut das Wort: »Hast du mit deiner Frau eigentlich schon über eure Grabanlage gesprochen?«

Vollmers schüttelte den Kopf. »Noch nicht. Hab's irgendwie noch nicht hingekriegt. Ich will mich aber demnächst endlich darum kümmern. Die Reservierung steht doch, oder?«

»Klar, das läuft alles. Wollte nur fragen. Als das damals mit Gabrieles Mutter war, hattest du ja gesagt, ihr wolltet das alles mal ordentlich klären, mit Testament, Vorsorgevollmacht, Patientenverfügung und dem ganzen Kram.«

Der Kommissar blickte versunken auf eine Stele und nickte. Erneut breitete sich Schweigen zwischen den beiden Männern aus, bis Vollmers sagte: »Ich muss dann mal wieder. Ich melde mich. Versprochen. Dank dir!«

Und so machte er sich auf den Weg zurück zum Friedhof, wo seine Kollegin wartete.

# 7

Sie standen vor der Haustür eines kleinen Reihenendhauses in Eversten, ganz in der Nähe zum Dobbenviertel, dem Zuhause der Familie Brandhorst. Ein schwarzer T5 stand in der Auffahrt. Sie zögerten, die Klingel zu betätigen, denn das Überbringen von schlechten Nachrichten, in diesem Fall einer Todesnachricht, gehörte zu den unangenehmsten Aufgaben in ihrem Job.

Werner Vollmers vermochte nicht zu sagen, wie oft er diese Aufgabe schon übernommen hatte. Hätte er schätzen müssen, es wäre sicherlich eine hohe zweistellige Zahl dabei herausgekommen. Das Schlimme aber war, dass man wusste, was auf einen zukam, es verlief fast immer nach dem gleichen Muster: Überraschung, nicht Begreifen, Leugnen beziehungsweise Nichtwahrhabenwollen und dann früher oder später die Erkenntnis der bitteren Wahrheit. Meistens konnte man in den Augen der Angehörigen ausmachen, wann dieser Zeitpunkt gekommen war. Ähnlich wie beim Sterben scheint das Auge in diesem ganz speziellen Moment zu brechen. Jüngere, unerfahrene Polizisten überließen diese Aufgabe gerne den speziell für solche Fälle ausgebildeten Polizeipsychologen. Vollmers hingegen übernahm das trotz allem Widerwillen lieber selbst. Die Erfahrung hatte ihn gelehrt, dass man in einer solchen Situation viele wichtige Informationen erhalten konnte.

Manchmal war es ein winziges Zucken der Augenbraue, eine unbedachte Geste im falschen Moment oder übertrieben zur Schau gestellte

Trauer, die einem geschulten Polizisten eine Menge verraten konnte. Nicht selten, die meisten Mordfälle passierten im familiären Umfeld, wurde hier durch eine unbedachte Äußerung oder eine falsche Aussage eine Spur gelegt, die dann schließlich zur Ergreifung des Täters oder der Täterin führte.

Bei Frau Brandhorst kam der Moment bereits im Hausflur, noch bevor sie das Wohnzimmer erreicht hatten. Sie sackte einfach in sich zusammen. Anke Frerichs konnte sie gerade noch auffangen. Tränen liefen Ute Brandhorst die Wangen herunter, verwischten die Schminke der tiefschwarz umrandeten Augen und hinterließen dunkle Spuren auf den kalkweißen Wangen. Anke Frerichs geleitete die junge Frau zu einem Sessel in einem merkwürdig anmutenden Wohnraum. Vollmers schloss hinter ihnen die Haustür.

Während sich Anke Frerichs um Frau Brandhorst kümmerte, sah sich Vollmers unauffällig im Haus um. Ganz im Gegensatz zum Äußeren des Gebäudes, das eher spießig daherkam, erinnerte das Zuhause von Heino und seiner Frau eher an ein Gruselkabinett oder eine Geisterbahn. Die Wände waren schwarz gestrichen und mit roten Symbolen und Zeichnungen versehen, die Möbel waren aus schwarzem Holz und die Fenster mit dunklen, schweren Stoffen fast lichtdicht verhängt. Vollmers ging weiter durch den Flur, an der Gästetoilette vorbei in die Richtung, wo er die Küche vermutete. Im Hintergrund konnte er Anke Frerichs' leise Stimme vernehmen, die die Witwe befragte. Es waren Standardfragen, die gestellt werden mussten, so unpassend und pietätlos sie in einer solchen Situation auch klangen.

»Hatte Ihr Mann vielleicht irgendwelche Feinde?«

Eine gemurmelte, unter Tränen hervorgestoßene Verneinung folgte.

Vollmers erreichte die Küche. Hätte er wetten müssen, er hätte gewonnen. Eine klassische Einbauküche in Hochglanzschwarz mit einer beindruckenden Kochinsel, über der eine mächtige Dunstabzugshaube thronte, beherrschte den ebenfalls schwarz tapezierten Raum. Es roch nach Erde, Gewürzen und Gebackenem. Im Backofen konnte er einen Kuchen entdecken.

Jemand putzte sich die Nase, dann hörte er: »Was hat Ihr Mann um diese Zeit auf dem Friedhof gemacht?«

»Ich weiß es nicht. Er hat mich von unterwegs angerufen, er war bei der Bandprobe gewesen und wollte eben noch was überprüfen, hat er gesagt. Er war ja schließlich zuständig für die ganzen Oldenburger Friedhöfe.« Unverständliches Gemurmel folgte.

Am Ende des Flurs stand eine Tür offen. Vorsichtig näherte sich Vollmers, er wollte einen Blick in das Zimmer werfen. Im Dunkeln stand ein Kinderbett. Vollmers betrachtete den darin schlafenden Jungen.

»Was machen Sie denn da?«

Der Kommissar erschrak. Er hatte nicht bemerkt, dass Ute Brandhorst hinter ihn getreten war.

»Bitte entschuldigen Sie ... .ich ...«, stotterte er. Vollmers hatte nicht gewusst, dass der Friedhofsgärtner ein Kind hatte. Noch schlimmer, als die Nachricht an einen Hinterbliebenen zu überbringen, war es, wenn Kinder im Spiel waren.

Er hatte selbst einen erwachsenen Sohn, und er hoffte, dass niemals einer seiner Kollegen bei ihm vor der Tür stehen würde und ihn über den Tod seines Kindes informieren musste.

Ute Brandhorst hatte auf psychologische Unterstützung verzichtet. Stattdessen hatte sie ihre Mutter angerufen, die nur zwei Häuser weiter wohnte und umgehend zur Stelle war.

Die Ermittler hatten ihre Visitenkarten hinterlassen, für den Fall, dass ihr noch etwas einfallen sollte. Vollmers hatte es nicht übers Herz gebracht, sie zu bitten, sich am kommenden Tag in der Rechtsmedizin zu melden. Im Prinzip war der Sachverhalt klar, eigentlich musste Heino Brandhorsts Identität nicht mehr durch einen oder eine Angehörige bestätigt werden, aber leider ließ der Amtsschimmel hier keine Ausnahme zu. Dr. Elena Braun würde sich telefonisch bei Frau Brandhorst melden. Wenigstens war dieser Kelch an Vollmers vorübergegangen.

Vollmers steuerte seinen dunkelgrauen Saab durch den mittäglichen Verkehr zurück in Richtung Polizeipräsidium. Dabei fuhr er bewusst einen kleinen Umweg, um mit Anke Frerichs noch etwas unter vier Augen besprechen zu können.

»Hast du dir schon Gedanken gemacht, wie es mit dir weitergehen soll, wenn ich nächstes Jahr in den Ruhestand gehe?« fragte er seine Kollegin.

»Was meinst du?«

»Na ja, es wird einen Nachfolger oder eine Nachfolgerin im Dezernat 1 geben müssen.« Anke Frerichs runzelte die Stirn. »Ich meine, ob du schon überlegt hast, ob du nicht die Richtige für diese Position sein könntest?«

Sie schwieg noch immer. Natürlich hatte sie schon mal darüber nachgedacht, aber den Gedanken immer wieder beiseite geschoben. Die Pensionierung von Vollmers schien noch in weiter Ferne zu liegen, aber das täuschte. Die Uhr tickte.

»Ich würde mich freuen, wenn ich dich als Nachfolgerin empfehlen könnte«, sagte Vollmers, während sie an der Ampelkreuzung Alexanderstraße/Melkbrink warteten.

Die Kommissarin wand sich in ihrem Sitz. »Willst du nicht vielleicht noch ein paar Monaten dranhängen? Ich bin mir nicht sicher, die von oben werden dich nur ungern gehen lassen«, versuchte sie, das Gespräch in eine andere Richtung zu lenken.

Vollmers lächelte müde. »Anke, ich bin auf. Ich will und kann auch nicht mehr. Keine Chance auf Verlängerung. Meine alten Knochen wollen nicht mehr – und ich hab einfach genug gesehen. Nächstes Jahr im November bin ich raus.«

Betretenes Schweigen. Die Ampel sprang auf Grün. Er zögerte einen Moment.

»Mach dir keinen Stress. Sprich in Ruhe mit Tanja über die Sache, und trefft zusammen eine Entscheidung.«

Dann trat er aufs Gas und fuhr Richtung Polizeipräsidium.

## 8

Enno Melchert hatte im Büro der drei Ermittler alles für den neuen Fall vorbereitet. Die ersten Bilder und einige Fakten zum Opfer hingen an der altbewährten Pinnwand, die mittig im Raum, von allen Seiten gut einsehbar, platziert war.

Nach einer Lagebesprechung, in der sie sich gegenseitig auf den neuesten Stand der Dinge brachten, war Vollmers nun im Polizeipräsidium unterwegs, um bei den anderen Dezernaten Informationen einzuholen, während Anke Frerichs auf der Pinnwand mit einem Edding mögliche Ermittlungsansätze notierte. Enno surfte derweil im Internet, recherchierte und trug einige Hintergrundinformationen zusammen.

»Ich habe mal etwas gegoogelt und bin online beim Nadorster Einblick auf zwei Artikel über den Schüßler gestoßen. Einen in der Juli-Ausgabe auf Seite 15 und einen Nachbericht aus September«, sagte Enno Melchert und reichte Anke Frerichs einen Ausdruck. Eine Kopie wanderte auf den Schreibtisch von Werner Vollmers.

Nadorster Einblick, Juli 2011:

### Auf dem Gertrudenkirchhof ruht: Dr. Wilhelm Heinrich Schüßler

*Geboren am 21. August 1821 in Bad Zwischenahn, finden sich die ersten Aufzeichnungen über ihn um 1852. Er studierte in Berlin, Paris und Gießen Medizin. Die Gießener Universität verlieh ihm am 1. März 1855 ohne Doktorarbeit oder Leistungs-*

*nachweise, in seiner Abwesenheit, den Doktortitel. Danach studierte er weiter und beschäftigte sich mit dem Thema Homöopathie. Als er sich dann die Berufserlaubnis als Arzt aneignen wollte, holte ihn sein unrechtmäßiger Doktortitel ein. Ohne Studiennachweise und Abitur wurde sein Antrag auf die medizinische Staatsprüfung abgelehnt. Bis 1857 holte er sein Abitur in Oldenburg nach. Er wurde dann noch zur Staatsprüfung in Medizin zugelassen, fiel jedoch durch. Mit einer Unterschriftensammlung erlangte er die Berufserlaubnis – zum großen Teil wohl aber aufgrund seiner Versicherung, ausschließlich homöopathisch zu behandeln. Nach 15 Jahren als praktizierender Arzt der Homöopathie entwickelte er eine Therapie, bei der er unter Einsatz verschiedener potenzierter Salze Krankheiten heilen konnte. Die Therapie mit den sogenannten »Schüßler-Salzen« wurde medizinisch nie wirklich anerkannt. Da Krankheit auch Kopfsache ist, gibt es viele Befürworter dieser Mineralsalze, die seine Therapie auch heute noch anwenden und an eine heilsame Wirkung glauben. Schüßler blieb bis zu seinem Tod Junggeselle und starb am 30. März 1898. Er wurde auf dem St. Gertrudenkirchhof in Oldenburg begraben.*

## Nadorster Einblick, September 2011:

*Nachbericht/Richtigstellung: Wie Sie sich vielleicht erinnern, schrieben wir in der Juli-Ausgabe über Dr. Wilhelm Heinrich Schüßler, der auf dem St. Gertrudenkirchhof ruht. Dank eines engagierten*

*Lesers können wir Ihnen nun eine kleine Korrektur des Artikels nachreichen: »Schüßlers Doktortitel war keineswegs unrechtmäßig. Er hat lediglich keine Dissertation vorgelegt, was durchaus nicht unüblich war.« Des Weiteren hat es wohl einige Gegner Schüßlers gegeben, die falsche Daten verbreitet haben, denn: »Er ist auch nicht durch die medizinische Staatsprüfung gefallen, sondern hat die Prüfung bestanden und die volle – nicht auf Homöopathie beschränkte – Niederlassungserlaubnis als Arzt erhalten.« Vielen Dank an Hans-Heinrich Jörgensen, der uns auf diese Fehler hingewiesen und Dokumente aus dem Niedersächsischen Landesarchiv als Beweis geliefert hat. Schüßler war also ein vollwertiger Arzt – und fiel nicht durch das Staatsexamen.*

»Wirklich weiter bringt uns das auch nicht, oder?« sagte Anke Frerichs, nachdem sie den Artikel überflogen hatte. »Es gibt keinen guten Grund, ausgerechnet das Grab von Dr. Schüßler zu zerstören, oder?«

»Vielleicht war es einfach grober Unfug«, warf Enno Melchert ein. »Irgendwer wollte vielleicht auf sich oder irgendwas aufmerksam machen und hat deswegen jetzt ein Promigrab ausgewählt – und wurde vom Friedhofsgärtner dabei überrascht.«

»Dumm gelaufen.« Anke Frerichs zuckte mit den Achseln. Sie schritt vor der Pinnwand auf und ab und machte den einen oder anderen Vermerk. Eine immer länger werdende Liste mit Schlagwörtern zierte die Tafel: Raubmord? Zufall?

Schwarze Szene? Satanisten? Beziehungstat? Unbekanntes Bauteil? Vandalismus? Nazis?

»Du, mal was anderes. Was ist eigentlich mit dem Kramermarkt?«

»Häh? Was? Was soll damit sein?« entgegnete Anke Frerichs irritiert, ganz in Gedanken.

»Na, wollen wir da in diesem Jahr wieder zusammen mit den Kollegen hin? Die haben schon gefragt.«

»Au Mann, ich denk mir hier den Kopf heiß, und du kommst mit sowas«, erwiderte sie – vielleicht etwas zu zickig.

Enno Melchert ignorierte das und fuhr fort: »Wo wir gerade bei Friedhof und Mausoleum sind. Graf Anton Günther gilt übrigens als der Begründer des heutigen Kramermarktes. Damals wurden im Herbst auf dem Rathausplatz fünf Tage lang die Erträge der Ernte gehandelt. Auf dem damaligen Krahmer-Marckt waren die Marktbeschicker hauptsächlich Krämer und reisende Händler. Anfang des 19. Jahrhunderts wurde der Markt um Schausteller und Karussells erweitert. 1877 teilte die Stadtverwaltung den Markt dann auf: Die Händler blieben auf dem Rathausmarkt, der Rest wurde auf dem Pferdemarkt aufgebaut. 1962 wurde er dann zur Weser-Ems Halle verlegt«, dozierte er weiter, wobei er sich in eine schulmeisterliche Pose warf und mit einem Bleistift gestikulierend durch den Raum schritt. Er ahmte den ehemaligen Polizeipräsidenten nach. »Heute zählt der Kramermarkt mit rund 1,5 Millionen Besuchern auf einem 90.000 Quadratmeter großen Freigelände zu den größten Volksfesten Deutschlands.«

Klugscheißer, dachte Anke Frerichs und verdrehte die Augen.

»Ich kann deine Gedanken hören«, sagte er und grinste.

Anke schüttelte den Kopf, wandte sich wieder zur Tafel und versuchte, ihr durch bloßes Anstarren Geheimnisse beziehungsweise die Lösung des Falls zu entlocken.

»Was ist denn nun?« bohrte Enno nach.

»Mann, lass mich doch mit dem Scheiß in Ruhe. Trag mich doch einfach ein. Ob Tanja Zeit hat, weiß ich jetzt noch nicht. Kläre ich ab. Okay?«

Zufrieden setzte sich Enno wieder an seinen Platz und begann die elektronische Fallakte anzulegen: Opfername, Fundort der Leiche, Hintergrundinformationen wie Verwandtschaftsverhältnisse, polizeiliches Führungszeugnis und alle sonstigen Unterlagen, die zu bekommen waren. All das konnte irgendwann einmal nützlich sein. Der Vorteil an dem neuen System war, es ließen sich sehr einfach Verknüpfungen und Beziehungen herstellen beziehungsweise erkennen. So konnte man zum Beispiel Zeugenaussagen oder Zugehörigkeiten wie Vereinsmitgliedschaften untereinander abgleichen.

Für Enno Melchert gab es nichts Besseres. Er liebte diese Art zu arbeiten. Anke Frerichs und Werner Vollmers draußen an der Front, er im Backoffice als Verstärkung.

Etwa eine halbe Stunde später stolperte Vollmers ins Zimmer. Er jonglierte einen Stapel Akten auf den Armen. Die oberste drohte herunterzufallen. Fast hatte er es bis zu seinem Schreibtisch geschafft, aber kurz davor kippte der Ordnerturm und verteilte sich im Büro.

»Verdammt«, fluchte er.

Anke Frerichs und Enno Melchert konnten sich ein Grinsen nicht verkneifen.

## 9

In seinem beigeblaugestreiften Bademantel, der ihm lose von den dürren Schultern hing, und mit alten Puschen an den Füßen trat Hauptkommissar Werner Vollmers am folgenden Morgen gegen 7.30 Uhr vor die Haustür seines mittlerweile ebenfalls in die Jahre gekommenen Hauses in Metjendorf. Die Netze von unzähligen Kreuzspinnen glänzten feucht in der Morgensonne.

Die wenigen verbliebenen, graubraunen Haare seines lichten Haarkranzes standen wirr vom Kopf ab, etliche Schlaffalten ließen ihn noch älter wirken. Sein 64. Geburtstag stand vor der Tür. Ab dem 18. November würde es dann nur noch ein Jahr bis zu seiner Pensionierung sein.

Fröstelnd griff er links um die Ecke und tastete nach der Zeitung. Er nestelte am Briefkastenschlitz, bekam sie aber nicht richtig zu fassen. Mit einen dumpfen Geräusch landete sie aufgeblättert vor dem Eingang.

Von der Titelseite sprang ihn eine reißerische Schlagzeile an:

***Welle von Friedhofsschändungen erreicht Höhepunkt. Mord auf dem St. Gertrudenkirchhof. Friedhofsgärtner erschlagen***

Der Kommissar rückte seine Brille zurecht, fuhr sich kurz über seinen Vollbart, hob die Zeitung auf und überflog den Artikel noch an der Tür.

*Nach diversen Schändungen von Oldenburger Friedhöfen (die Nordwest-Zeitung berichtete) wurde gestern ein circa dreißigjähriger Mann mit eingeschlagenem Schädel tot im geöffneten Grab des berühmten Arztes Dr. Schüßler auf dem St. Gertrudenkirchhof aufgefunden. Es handelt sich dabei um den Friedhofsgärtner Heino Brandhorst. Was er um diese Zeit auf dem Friedhof gemacht hat, ist noch unklar. Dem Hobby-Musiker werden Kontakte zur Schwarzen Szene nachgesagt. Brandhorst hinterlässt eine Frau und einen Sohn. Der zuständige Staatsanwalt hat die Ermittlungen Hauptkommissar Werner Vollmers und seinem Team übertragen.*

*Ein mehrfach hinterlassene Symbol, das satanistischen Ursprungs zu sein scheint, wurde ebenfalls wieder vorgefunden, daher ist anzunehmen, dass es sich um dieselben Täter wie bei den anderen Friedhofsschändungen handeln könnte.*

Na, das geht ja gut los, dachte Werner Vollmers, während er die Zeitung zusammenrollte und sich unter den Arm klemmte.

In letzter Zeit waren die drei Ermittler nicht immer so gut davongekommen. Noch herrschte in der Presse die Ruhe vor dem Sturm. Je länger die Ermittlungen andauerten, desto heftiger würde die Kritik seitens der Medien werden.

Vollmers wollte gerade wieder hineingehen, da öffnete sich gegenüber eine Tür. Herbert Kühn trat aus seinem Haus.

»Vollmers«, rief er über die Straße hinweg, »neuer Fall, was?«

Der Kommissar nickte nur stumm.

»Habt ihr schon eine Spur?« tönte es von drüben.

Vollmers ignorierte seinen Nachbarn und ging zurück ins Haus. Kaum hatte er die Tür geschlossen, klingelte das Telefon.

Was für ein Tag! Er fühlte sich schon jetzt gestresst, und das vor dem ersten Kaffee. Im Flur kam ihm seine Frau mit dem Telefon entgegen.

Nach dem Frühstück, einer Scheibe Graubrot mit etwas Marmelade – der Anruf der verantwortlichen Leiterin der Friedhofsverwaltung hatte ihm gründlich den Appetit verdorben – war Werner Vollmers direkt in die Rechtsmedizin gefahren, um das Ergebnis der Obduktion und die persönlichen Sachen des Ermordeten abzuholen. Eigentlich ein unnützer Weg. Selbstverständlich hätte man ihm die Sachen auch ins Büro schicken können, aber Vollmers nutzte den Besuch als Vorwand, um noch ein paar Worte mit Dr. Elena Braun, der leitenden Oldenburger Rechtsmedizinerin zu wechseln.

Die beiden kannten sich schon ewig und hatten sich meist sehr gut verstanden; auch wenn sie bei dem einen oder anderen Fall schon mal gänzlich unterschiedlicher Meinung über einen Sachverhalt waren, gingen sie immer professionell miteinander um.

Diesmal betrat er das Gebäude in der Pappelstraße 4 ausnahmsweise durch den Haupteingang. Er nahm seinen Hut ab, öffnete die obersten Knöpfe seines Mantels und schlug den Kragen herunter. Der typische Geruch der Rechtsmedizin hing im Raum. Doch es war nicht der zu erwartende Leichengeruch, vielmehr roch es für ihn immer irgendwie nach einer Mischung aus Rosengarten, Desinfektionsmittel und altem Blumenwasser. Im Eingangsbereich herrschte buchstäblich Totenstille. Für dieses Jahr war das nicht unbedingt typisch.

War die Zahl der Tötungsdelikte in der Vergangenheit stetig zurückgegangen, so hatte der Fallensteller, wie ihn die Medien getauft hatten, die Zahl deutlich nach oben getrieben. Durchschnittlich kamen in der Weser-Ems-Metropole jährlich lediglich acht bis neun Menschen durch ein Gewaltverbrechen zu Tode. In diesem Jahr waren es bereits zwölf. Allein fünf davon gingen auf das Konto von Thorsten Harders.

Vollmers wandte sich nach rechts und stieg die Treppen zu den Obduktionssälen hinab, wo er Elena Braun vermutete. Er ging den mit grauem Linoleum ausgelegten Gang entlang, bis er zu einer Tür kam, die er über einen Drücker öffnete. Behäbig schwang die Milchglas-Tür auf. Der graue Metallrahmen knarrte. Jetzt befand er sich in der Fleischerei, wie einige seiner Kollegen die Rechtsmedizin weit vor seiner Zeit einmal getauft hatten. Rechts von ihm zweigten drei Türen ab, hinter denen sich zum einen das Materiallager, dann ein kleiner Obduktionsraum und am Ende des Flurs, direkt neben dem Eingang zum großen Obduktionssaal, das Labor verbarg. Irgendein Witzbold hatte an die Tür zum kleinen Obduktionsraum ein Plakat von der Fernsehserie »The Walking Dead«, in der es um Zombies ging, geklebt.

Als der Kommissar gerade am Labor vorbeiging, wurde die Tür so kräftig aufgestoßen, dass er sie beinahe an den Kopf bekommen hätte. Irena Barkemeyer stürmte, einen riesigen Haufen bunten Stoff auf dem Arm, heraus und fuhr erschrocken zusammen, als sie ihn bemerkte.

»Guten Tag, Dr. Barkemeyer, schön, Sie wiederzusehen«, wünschte Werner Vollmers und lächelte sie an.

Sie trug das dunkelblonde Haar zu einem strengen Zopf gebunden und versteckte ihre grünen Augen hinter einer viel zu großen Brille. Die gebürtige Oldenburgerin hatte nach einem in München abgeschlossenen rechtsmedizinischen Studium ein weiteres Studium der forensischen Anthropologie in Florida an der FGCU, der Florida Gulf Coast University, absolviert, bis sie vor einem halben Jahr in der Rechtsmedizin ihrer alten Heimatstadt angeheuert hatte. Genau wie Anke Frerichs teilte die ansonsten eher zurückhaltende Medizinerin die Leidenschaft zum Sunshine State.

Die Besonderheit der in der Nähe von Ft. Myers gelegenen Universität: Sie beherbergt eine sogenannte »Body Farm«, ein Gelände, auf dem Studien zu postmortalen Veränderungen an Menschen, also über Verwesungsprozesse von Leichen, an freier Luft erfolgen können, denn dort liegen stets rund vierzig Leichen in unterschiedlichen Verwesungsstadien. Hier hatte Irena Barkemeyer vielfältige Möglichkeiten des Studiums gehabt, und jetzt brannte sie darauf, ihre Fähigkeiten bei echten Fällen unter Beweis zu stellen. Bei den Ermittlungen zum Fallensteller waren ihre Erkenntnisse über die angewandte Mordmethode und die verwendeten Substanzen sehr nützlich gewesen.

Vollmers mochte sie.

»Hallo Herr Vollmers ... äh ... Hauptkommissar, ich ...«, sie deutete mit dem Kinn auf den Stoffhaufen, der ihr langsam aus den Händen zu rutschen drohte, »ich ... äh ... hab ... äh ...«

Vollmers machte einen schnellen Schritt und half ihr, den Stoff wieder einigermaßen in den Griff zu bekommen.

»Danke!« Sie lächelte erleichtert.

Dann nickte er in Richtung großen Obduktionssaal.

»Ja, Dr. Braun ist drüben. Sie ist gerade bei dem Mann vom St. Gertrudenkirchhof. Soweit ich weiß, gibt es nicht viel Neues, wie schon gesagt, eine relativ eindeutige Todesursache: heftige Schläge auf den Kopf mit einem stumpfen Gegenstand. Aber dazu wird Ihnen Dr. Braun sicherlich gleich Genaueres sagen.«

Vollmers nickte. »Und was haben Sie da? Wollen Sie die heiligen Hallen etwas verschönern?«

Dr. Barkemeyer sah ihn leicht verwirrt an, dann lächelte sie. »Das ist der Fallschirm von der verunglückten Fallschirmspringerin aus Westerstede vom letzten Wochenende. Ich überprüfe gerade den Schirm und die Schnüre. Man vermutet, dass sie aus ihrem Gurtzeug gerutscht ist, was aber eigentlich unmöglich sein sollte ...«

»Sie geben mir Bescheid, wenn Ihnen etwas Verdächtiges auffällt?«

»Selbstverständlich!« antwortete sie.

»Gut. Danke sehr. Ich guck dann mal, wo ich Elena finde«, beschloss Vollmers das Gespräch.

Dr. Elena Braun stand über der Leiche von Heino Brandhorst und untersuchte seinen zerschmetterten Schädel mit einer Speziallupe Zentimeter für Zentimeter. Mit einer Pinzette entfernte sie gelegentlich Knochensplitter aus der klaffenden Wunde und legte sie sorgfältig nebeneinander auf ein weißes Handtuch, das auf einem höhenverstellbaren Beistelltisch aus Edelstahl lag.

Um besser hantieren zu können, hatte sie sein langes, weißgrau gefärbtes Haar zu mehreren Zöpfen geflochten und es behutsam beiseite gelegt. Aus seinem Dreitagebart und den Haaren hatte sie Schmutz und ein paar Insekteneier entfernt und in einzelne Behältnisse zur späteren Analyse gelegt. Torben Kuck hatte dasselbe am Tatort gemacht. Ein Großteil seiner Arbeit lag jetzt auf dem nebenstehenden Obduktionstisch, der Rest, wie zum Beispiel erste Blut- und Gewebeproben, war bereits im Labor und würde von Irena Barkemeyer auf Giftstoffe, Rauschmittel oder Krankheiten untersucht werden. Zusätzlich wurden DNA-Proben ausgewertet und Fingerabdrücke zum eventuell notwendigen Abgleich mit diversen Datenbanken digitalisiert – um, falls nicht vorher festzustellen, die Identität des Toten zu ermitteln.

Über die Larvenart beziehungsweise -gattung, Maden und das jeweilige Stadium, in dem sie sich befanden, konnte man, abhängig von der jeweiligen Umgebungstemperatur, ziemlich genau den Todeszeitpunkt feststellen. Die Totenstarre, die Ansammlungen von Leichenwasser und eventuelle Todesflecken waren weitere Indizien, die dazu dienten, den Todeszeitpunkt möglichst genau eingrenzen zu können.

Immer wieder unterbrochen vom charakteristischen Piepen des sprachgesteuerten Aufnahmesystems, fuhr sie mit ihrer Untersuchung fort. Langsam hatte sich Dr. Braun an das neue System gewöhnt. So behielt sie praktischerweise beide Hände frei. Sie wollte gerade anfangen, mit einem Y-Schnitt den Oberkörper zu öffnen, um dann mit einer Rippenschere den darunterliegenden Brustkorb freizulegen, als die Tür aufging und der Kommissar eintrat.

Die beiden hielten sich nicht lange mit Smalltalk auf. Elena Braun kam gleich zur Sache.

»Der tödliche Schlag, vielmehr die Schläge wurden dem Winkel nach auf jeden Fall von hoch oben ausgeführt. Daraus können wir schließen, dass es sich um einen ausgesprochen großen Täter handeln muss. Außerdem deutet der Grad der Zerstörung des Schädels darauf hin, dass sehr große Kraft aufgewendet wurde. So etwas habe ich in dieser Form selten gesehen.«

»Sonst noch was von Bedeutung?«

»Wenig. Wir haben an den Wundrändern Rostpartikel und Spuren von Stein- oder Granitstaub gefunden ...«

Vollmers runzelte die Stirn. »Worauf kann das hindeuten?«

»Ich würde bei der Tatwaffe auf eine Eisenstange, ein Stemmeisen oder etwas Vergleichbares tippen.«

Vollmers folgte ihr nachdenklich zum Waschbecken. Die Rechtsmedizinerin wusch sich die Hände.

»Und, Werner, wie geht's dir? Du siehst schlecht aus.«

»Muss ja«, entgegnete der Kommissar.

Er wandte sich ab. Sein Blick blieb am Leichnam des Friedhofsgärtners hängen. Er hatte das Gefühl, dass er mit jedem Toten dünnhäutiger wurde.

Elena Braun berührte ihn am Arm. »Wie lange musst du noch?«

»Ein gutes Jahr.«

»Das schaffst du. Halt durch. Ein Jahr, und du hast es hinter dir. Ruhestand, eine nette Pension, und nichts wie los. Euer Wohnmobil steht doch schon bereit, oder?«

Vollmers lächelte müde. »Ja, du hast recht. Ich hoffe, ich pack das.« Er legte seine Hand auf ihre. »Dank dir für deine aufmunternden Worte. Zum Herbst hin ist es immer am schlimmsten.«

Er wandte sich zum Gehen. Elena Braun blickte ihm ermattet nach. In Gedanken zählte sie die Jahre, die sie noch musste. Leider waren es ein paar mehr als bei Vollmers.

## 10

Die drei Kommissare waren in ihrem Büro versammelt. Vollmers hatte sie nach dem Besuch in der Rechtsmedizin auf den neuesten Stand gebracht. Nachdem sie gemeinsam an der Pinnwand Aktualisierungen vorgenommen und weitere Ermittlungsansätze erarbeitet hatten, machten sie eine kurze Kaffeepause. Enno nutzte die Zeit und las in einer Akte vom Fachkommissariat 6, dem Dezernat für Jugendsachen.

Vollmers stand nachdenklich am Fenster und schaute hinaus. Ein unbändiger Herbststurm tobte über Oldenburg, und der riss die Blätter buchstäblich von den Bäumen. In der Ferne war Sirenengeheul zu vernehmen. Sicherlich war irgendwo entweder ein Keller vollgelaufen oder ein Baum umgestürzt. Anke Frerichs saß wie so oft auf der Schreibtischkante und ließ ihre Beine baumeln.

Dann meldete sich Enno zu Wort: »Es gibt Subkulturen, denen nachgesagt wird, ihre Anhänger würden dem Satanismus frönen. Speziell die Gothic-Szene wird häufig mit diesem Vorurteil konfrontiert. Das Spielen der sogenannten Goths oder Gruftis mit satanistischer und dunkler Ästhetik – also auf dem Kopf stehende Kreuze, Pentagramme oder andere okkulte Symbole – und die schwarzen Gewänder unterstützen das. Es trifft zu, dass manch ein ›Gruftie‹ sich satanistisch orientiert hat und von entsprechenden Zirkeln angeworben wurde, aber die meisten ›Gruftis‹ haben mit Satan nicht viel am Hut. Inzwischen sind sie im Gegensatz zum Jugendsatanismus praktisch verschwunden. Ein Beleg dafür ist, dass in den letzten Jahren immer öfter Spuren satanistischer Aktivität von Jugendlichen und jungen Erwachsenen, wie zum Beispiel Graffitis mit Symbolen oder satanistischen Versen an Kirchen und Hinterlassenschaften auf Friedhöfen oder Grabschändungen, ausgemacht werden können. Gerade in der letzten Zeit steht fast täglich etwas darüber in der Presse. Die Kollegen vom FK 6 verzeichnen überdies immer mehr Anrufe von beunruhigten Eltern, die wegen unheimlichen Symbolen im Zimmer ihres Kindes befürchten, dass es in eine satanistische Organisation oder Ähnliches hineingeraten könnte.«

»Dazu würden ja die Graffiti passen, die überall auf den Friedhöfen gefunden wurden«, sagte Anke Frerichs.

Enno nickte.

»Haben wir schon herausgefunden, was es bedeutet?« warf Vollmers ein.

»Nein, noch nicht. Bin ich aber dran. Ich werde nachher noch weiter im Netz recherchieren. Außerdem habe ich das Symbol einem Symbologen zukommen lassen.«

»Einem was?« hakte Anke Frerichs nach.

»Ein Symbologe. Im Grunde sowas ähnliches wie Robert Langdon aus Dan Browns ›Illuminati‹. Jemand, der Symbole studiert, deutet und so weiter … Zudem habe ich bei der Landesbibliothek am Pferdemarkt ein paar Bücher angefordert. ›Das Buch der Zeichen und Symbole‹ oder ›Symbole: Geheimnisvolle Bilder-Schriften, Zeichen, Signale, Labyrinthe, Heraldik‹ und so was. Die müssten hier eigentlich auch bald eintreffen.«

»Gut gemacht.« Vollmers nickte und wandte seinen Blick wieder aus dem Fenster. Die Bäume bogen sich im Wind, und der Regen hatte an Stärke zugenommen.

Enno fuhr fort: »In Oldenburg gibt es ebenfalls eine Schwarze Szene. Inwiefern sie einen satanistischen oder okkulten Hintergrund hat, das wäre zu klären.« Er legte die Akte beiseite und blickte in die Runde. »Soweit unsere Kollegen von den Jugendsachen. Was meint ihr dazu?«

»Heino Brandhorst wurden doch Kontakte zur Schwarzen Szene nachgesagt, oder?« fragte Anke Frerichs.

Vollmers drehte sich zu ihnen um. »Geht der Sache doch mal nach. Vielleicht steckt ja einer dieser Satanisten oder Gruftis dahinter?«

»Geht klar. Und sonst?« fragte Anke Frerichs. »Was ist mit den Nazis? Soll ich denen mal auf die Finger klopfen?«

Vollmers schüttelte den Kopf. »Ich weiß nicht ..."

Anke Frerichs' Miene verdunkelte sich. Dem Hauptkommissar entging ihre Regung nicht. Enno Melchert machte sich auf eine heftige Auseinandersetzung gefasst. Wenn es um die braune Brut ging, verstand seine Kollegin keinen Spaß. Schon mehrfach war sie deshalb mit Vollmers aneinandergeraten, dessen merkwürdig zurückhaltende Art bei dem Thema sie nicht verstand.

»Lass gut sein«, versuchte Enno die Situation zu entschärfen.

Doch Anke war bereits voll in Fahrt. Mit hochrotem Kopf schnappte sie sich ihre Jacke vom Stuhl und rannte aus dem Büro.

## 11

Die Bosch-Taschenlampe lag schwer in seiner schwieligen Hand. Sein Daumen fuhr unablässig über die kleine Erhebung am vorderen Teil der Lampe. Immer wieder wurde er durch ein Rascheln hier oder ein Knacken da fast dazu verleitet, den Schalter zu betätigen. Nur mit Mühe konnte er sich beherrschen, das Licht auszulassen.

Mit großen Schritten eilte er im hinteren Bereich des Everstener Friedhofs über einen von den Überwachungskameras nicht erfassten Nebenweg auf das vor einigen Jahren neu angelegte Urnenfeld zu.

Ein heftiger Wind trieb die Wolken am Himmel vor sich her. Der Mond lugte nur gelegentlich hervor und tauchte die Szenerie in ein diffuses Licht.

Unweit von ihm konnte er plötzlich schemenhaft neun dunkle Gestalten erkennen. Ein unverständlicher Singsang drang zu ihm herüber.

Mussten diese dämlichen Idioten unbedingt heute ihre bekloppten Rituale abhalten? Wut kochte in ihm hoch.

Er musste sie unbedingt loswerden, wollte er hier erfolgreich sein. Und er wusste auch schon, wie. Er holte sein Handy hervor. Hinter einem verwitterten Grabstein kauernd, rief er die Polizei an.

»Friedhof Eversten«, flüsterte er, als der Wachhabende den Anruf entgegennahm. Dann legte er wieder auf.

Jetzt musste er nur noch abwarten, bis die Polizei ihre Arbeit getan und diese Gruftis vom Friedhof vertrieben hatte. Danach hätte er freie Bahn und würde sein Vorhaben zu Ende bringen.

## 12

Enno Melchert zog die Tür des Mühlenhofskrugs hinter sich und Anke Frerichs ins Schloss und trat auf den Vorplatz der Gaststätte, wo sie vor gut einer Stunde den nagelneuen Smart seiner Kollegin abgestellt hatten. Der Wind hatte aufgefrischt, dunkle Wolkenberge jagten über den trüben Himmel. Es hatte begonnen zu regnen. Er schlug die Kapuze seines schwarzen Sweatshirts, das er unter seiner olivfarbenen Jacke trug, über den Kopf.

Anke Frerichs war schon auf dem Weg zu ihrem Wagen und suchte nach dem Schlüssel des kleinen blauen Flitzers. Enno Melchert blickte sich noch einmal um.

Der Mühlenhofskrug war eine Institution in Ohmstede, das wusste er. Doch ihm war nicht wirklich klar, was die Leute noch immer an der sichtlich in die Jahre gekommenen Gaststätte fanden. Irgendwie schien hier die Zeit still zu stehen. Es gab nicht mehr allzu viele Kneipen und Gasthäuser dieser Art in Oldenburg. Allein in den letzten Jahren waren bereits Lachmanns Kneipe und der Schiefe Stiefel in Ofenerdiek, die Kneipe am TÜV und der Bürgerfelder Krug am Scheideweg dem allgemeinen Kneipensterben zum Opfer gefallen. Weitere würden folgen, daran bestand kein Zweifel. Die meisten der leerstehenden Gebäude waren abgerissen worden. Wo früher gefeiert und getrunken wurde, entstanden nun neue Wohngebäude. Wohnraum statt Schankraum.

Enno Melchert fragte sich, wie lange sich das Haus hier am Mühlenhofsweg wohl noch behaupten würde. Zu wünschen war es der engagierten Besitzerin, aber ob sie es ohne ein neues Konzept und das nötige Kleingeld für eine umfassende Renovierung schaffen würde, war mehr als fraglich. Noch immer kamen einige Vereine hierher, um ihre Jahreshaupt- oder Mitgliederversammlungen abzuhalten, und noch immer wurde hier regelmäßig Skat gespielt, doch auf Dauer würde das nicht reichen, daran konnten die legendären Grillabende oder Spargelessen wahrscheinlich auch nichts ändern. Die täglichen Gäste fehlten einfach. Heutzutage trank man sein Feierabendbierchen lieber vor dem Flachbildschirmfernseher zusammen mit Dieter Bohlen oder Günter Jauch.

Sie waren hier aufgrund eines Hinweises der Kollegen vom FK3, dem Fachkommissariat für Wirtschafts- und Betrugsdelikte, vorstellig geworden, um zu überprüfen, ob der Vorfall im Mühlenhofskrug eventuell etwas mit dem Friedhofsmörder zu tun haben könnte. Während Enno Melchert sich im hinteren Bereich der Gaststätte umschaute, befragte Anke Frerichs die Besitzerin Gisela Püschel in der Schankstube.

Wie die noch immer sichtlich erboste Wirtin berichtete, hatte sich hier vor circa einer Woche ein »schier unglaubliches« Szenario abgespielt.

»Fangen Sie bitte noch einmal ganz von vorne an. Ich weiß, dass Sie meinen Kollegen bereits alles erzählt haben, aber ich möchte mir gerne einen eigenen Eindruck verschaffen«, leitete Anke Frerichs die Befragung ein.

»Eigentlich haben die beiden sehr nett und ordentlich gewirkt, als sie hier vorbeikamen, um sich meinen Saal anzuschauen. Das war vor ungefähr drei Wochen. Sie waren auf der Suche nach einer geeigneten Location für eine Familienfeier, wie sie sagten«, wiederholte Püschel, was sie auch schon auf dem Revier zu Protokoll gegeben hatte. »Sie erkundigten sich nach dem Preis, der Musikanlage, und ob sie den Saal auch bekommen könnten, ohne Essen und Getränke über mich beziehen zu müssen«, fuhr sie fort, während sie sich eine Zigarette anzündete und den Rauch über die Theke hinwegblies. »Sie machten wirklich einen sehr netten Eindruck. Er hatte einen schwarzen Anzug mit einem weißen Hemd und einer roten Krawatte an. Und seine Haare waren zu einem ordentlichen Pferdeschwanz gebunden. Sie trug ein schwarzes Kleid mit einem schicken Seidentuch um den Hals. An sich nichts Besonderes, würde ich sagen.«

»Und was passierte dann?« fragte Anke Frerichs etwas abwesend. Ihre Gedanken schweiften ab. Sie kam sich wie auf einer Zeitreise vor. Sie kannte solche Lokalitäten sehr gut aus ihrer Kindheit. Die Schwester ihrer Mutter hatte früher in Bremen einen Pub besessen, in dem am Wochenende immer Livebands auftraten. Ihre Mutter hatte sie, bevor sie zur Schule kam, oft mitgenommen, wenn sie dort geputzt hatte. Anke war dann immer durch den großen Saal gerannt und hatte zwischen den ausgetretenen Zigarettenkippen und Scherben nach Kleingeld gesucht. Und nicht selten war sie danach um ein paar Mark reicher gewesen.

Ihr Blick wanderte umher. Dunkle vertäfelte Wände, dunkle lederbezogene Holzbänke und -stühle an ebenso dunklen Holztischen. Hinter der Theke das obligatorische Schild, das selbstgemachte Frikadellen, Soleier im Glas, Erdnüsse und Bockwurst mit Kartoffelsalat anpries. In der Ecke vor der Tür zum Klo hing wie selbstverständlich ein in die Jahre gekommener Geldspielautomat, der leise vor sich hin blinkte und ab und an eine monotone, unspektakuläre Melodie von sich gab.

»Da sie nur den Saal wollten und ansonsten keine weiteren Serviceleistungen, musste ich den Preis etwas anziehen, aber sie haben sofort akzeptiert. Sie haben sogar im Voraus bezahlt«, führte Giesela Püschel aus. Sie hatte die Zigarette in einen Aschenbecher gelegt und angefangen, eine Kaffeemaschine zu befüllen.

»Vielleicht hätte mich das stutzig machen sollen. Ich weiß nicht. Ich weiß nur, dass ich mich kurz gewundert, mir dann aber nichts weiter gedacht hatte, als die beiden fragten, wann sie denn den Schlüssel bekommen könnten und wann ich dann am Sonntag wiederkommen würde.«

Sie zuckte mit den Schultern und begann, die Zigarette nun im Mundwinkel, ein paar Biergläser, abzuspülen.

Anke Frerichs versuchte die Sache ein bisschen abzukürzen: »Am Samstag haben die beiden dann den Schlüssel geholt. Was passierte dann?«

»Richtig. Da war auch noch alles in Ordnung. Ich wunderte mich nur, dass er dann auf einmal so komisch geschminkt daherkam. Schwarzer Kajal um die Augen, die Wangen ganz bleich und die Fingernägel ebenfalls schwarz lackiert. Ich hab ihm dann die Schlüssel gegeben und bin nach Hause gefahren, aber irgendwie hatte ich ein ungutes Gefühl in der Magengegend.«

Die Wirtin polierte gerade die abgespülten Biergläser, als Enno Melchert in den Schankraum zurückkam.

»Das ist ja wirklich ekelig«, sagte er, schnappte sich eine gelblichweiße Papierserviette aus einem Spender und putzte sich die Nase.

»Sag ich doch. Sie hätten mal am Samstag hier sein sollen, wie es da gerochen hat. Jetzt ist es ja fast schon wieder gut dagegen.«

»Sie sind dann also später noch mal zurück, um nachzuschauen, ob alles in Ordnung ist«, zog Anke Frerichs die Aufmerksamkeit wieder auf sich.

»Genau. Ich hab mein Auto drüben bei Bartsch abgestellt und hab aus dem Fenster zugeguckt. Lauter komische Gestalten, alle ganz in Schwarz, einige sogar in Lack und Leder, kamen nach und nach an. Irgendwann, so gegen elf, halb zwölf wurde mir die Sache zu bunt, und ich bin rein. Und da traf mich fast der Schlag. Ein unerträglicher Gestank. Irgendwie erdig, süßlich und doch wieder herb.« Sie zog aufgeregt an ihrer Zigarette und drückte sie aus. »Als vor zwei Jahren meine Cousine Gerda gestorben ist, roch es in ihrer Wohnung so ähnlich. Die hat fast drei Wochen da gelegen, hat die Polizei hinterher festgestellt. Und wir haben gedacht, die ist auf Mallorca im Urlaub.« Sie stellte die Gläser neben den Zapfhahn, warf das Handtuch darüber und griff erneut nach ihren Zigaretten.

Die raucht fast so viel wie Vollmers, dachte Anke Frerichs, während sie sich auf einen Stehhocker setzte und die Beine auf die Messingstange unten am Tresen stellte.

»Es roch vermutlich nach Patchouli«, warf Enno Melchert ein. »Das Zeug soll angeblich nach Leichen riechen. Kriegst du fast überall zu kaufen. Bestimmt auch bei Milago an der Staulinie. Den Laden für Gothicbedarf und mittelalterliche Klamotten gibt es schon seit ein paar Jahren in der Innenstadt. Der Saal hinten riecht jedenfalls noch so ähnlich.«

Giesela Püschels Zigarette zitterte zwischen ihren Fingern. »Für mich roch es jedenfalls nach Gerda. Ich hatte die Schnauze voll und hab versucht, die beiden zur Rede zu stellen. Aber bei dem Krach war nicht viel zu machen. Ich solle mich nicht so anstellen, sie hätten ja schließlich dafür bezahlt. Die haben mich einfach stehen lassen und weiter gefeiert. Da habe ich die Polizei gerufen.«

»Und dann?« fragte Enno.

»Die müssen das irgendwie spitzgekriegt haben. So schnell konnte ich gar nicht gucken, schon waren die verschwunden. Als die Polizei schließlich kam, waren die alle weg.«

»Und Sie haben keinen Namen? Kein Kennzeichen? Nichts?«

»Leider nein. Gar nichts. Ich könnte mir auch in den Arsch beißen, aber irgendwie bin ich drüber weggekommen.« Sie zuckte mit den Schultern und lächelte entschuldigend.

Wahrscheinlich sollte das Geld wohl eher dezent an der Steuer vorbei manövriert werden, dachte Anke Frerichs, bohrte aber nicht nach.

»Das Einzige, was ich habe, ist dieser fürchterliche Gestank und eine CD mit der schauerlichen Musik, die sie an dem Abend rauf und runter gespielt haben. Die haben sie in unserer Stereoanlage vergessen. Warten Sie, die müsste ich hier irgendwo haben.«

Sie bückte sich und begann unter dem Tresen zu suchen. Kurze Zeit später zog sie eine CD mit einem graublauen Cover, auf dem sieben Buchrücken waren und das Wort »Eiszeit« stand, hervor. In weißer, verschnörkelter Schrift prangte der Bandname darüber.

»›Eiszeit‹ von DoNotDream, das ist ja die ganz neue CD von denen. Ne Oldenburger Band, soweit ich weiß. Die Scheibe ist eigentlich erst seit gestern im Handel erhältlich. Interessant!« Enno Melchert zwinkerte Anke Frerichs verschwörerisch zu und ließ die CD in seiner Sweatshirt-Tasche verschwinden.

Zurück im Büro, hatte es sich Anke Frerichs bequem gemacht, während sie einen frisch aufgebrühten Kaffee aus ihrem Starbucks-Becher trank und Enno Melchert beim Surfen im Internet beobachtete. Die CD von DoNotDream hatte ihn neugierig gemacht. Über die Website der Oldenburger Gothic-Metal-Band gelangte er zu einer weiteren Band, unter deren Mitgliedern er Heino Brandhorst identifizieren konnte. Auf www.gothic-magazine.de gelangte er schließlich zu ein paar interessanten Oldenburger Seiten, die er akribisch durchforstete. Er hatte sich gerade durch die Chronik einer Facebook-Seite mit aktuell 194 »Gefällt mir!« und einem schwarzen Titelbild gewühlt, als er sich plötzlich zu ihr umdrehte.

»Hier steht, dass die sich an jedem ersten Mittwoch im Monat zum Schwarzen Stammtisch in Charly's Kneipe in der Wallstraße treffen. Das wäre heute. Vielleicht sollte ich da mal hin und gucken, was da so geht. Was meinst du?«

»Gute Idee!« antwortete Anke Frerichs. »Aber vielleicht solltest du vorher noch mal nach Hause fahren und dich umziehen.« Sie grinste. »Ist nicht ganz so das ideale Outfit für einen Besuch bei den Gruftis.«

Enno schaute an sich herunter und strich sein knallgrünes »Green Lantern«-T-Shirt mit beiden Händen glatt. »Meinst du, ich hätte es bügeln sollen?«

»Idiot!« entgegnete sie.

Grinsend öffnete Enno seine unterste Schreibtischschublade, zog ein schwarzes T-Shirt, das noch in einer Klarsichthülle steckte, hervor und packte es aus.

»Oh Mann, das glaube ich jetzt nicht«, rief Anke, als er das T-Shirt entfaltete und auf der Vorderseite ein Aufdruck mit einem blonden Mann, der ein mit roten Juwelen besetztes, goldenes Kreuz von sich streckte, und einer kreischenden, sich panisch abwendenden Vampirbraut zum Vorschein kam. Darunter stand in grellem Gelb: »Geisterjäger John Sinclair«.

»Passt doch, oder?« sagte er, während er sich sein grünes T-Shirt über den Kopf zog und es anschließend in seine Schreibtischschublade stopfte.

Gerade, als er das neue anziehen wollte, öffnete sich die Tür, und Werner Vollmers trat ein. Verwundert über seinen halbnackten Kollegen, wanderte sein Blick zwischen Anke Frerichs und Enno Melchert fragend hin und her.

»Habe ich was verpasst?«

Enno und Anke schüttelten den Kopf.

»Alles beim Alten«, sagte Anke, während sich ihr Kollege wieder anzog.

»Na, dann ist ja gut. Ich dachte schon, ich müsste mich auf meine alten Tage noch mal ganz neu umgewöhnen.« Vollmers schmunzelte.

»Wir gehen der Spur mit den Gothics beziehungsweise den Satanisten nach. Darum will Enno heute Abend zum Schwarzen Stammtisch. Im Charly's treffen sich diese Leute regelmäßig.«

»Gute Idee«, sagte Vollmers, »vielleicht triffst du dort ja auch unsere Freunde vom Friedhof Eversten, die die Kollegen gestern aufgegriffen haben. Schwarze Messe oder sowas. Ein Anrufer hatte sie angeschwärzt. Leider konnte man denen nichts Widerrechtliches nachweisen und musste sie wieder laufen lassen.«

»Zumindest hoffe ich auf ein paar Insidertipps. Vielleicht lässt sich ja rauskriegen, wo die Jungs und Mädels sonst noch so abhängen«, sagte Enno.

»Anke, hast du eigentlich schon was über dieses elektrische Bauteil, das Kuck auf dem Gertruden Kirchhof gefunden hat, rausgekriegt?« fragte Vollmers.

Sie schüttelte den Kopf. »Ich hatte den Jungs von der Technik ja ein Bild gemailt, aber nichts gehört. Ich werde nachher mal zu meinem Kumpel Adem fahren, der bei Saturn arbeitet und sich mit solchem Technik-Schnickschnack auskennt.«

»Okay. Schauen wir mal, was dabei rumkommt. Was ganz anderes: Nächste Woche muss ich zur Amtseinführung des neuen Polizeipräsidenten, kann das nicht jemand von euch übernehmen?«

»Keine Chance, das musst du schon selber machen. Dafür bist du ja unser Vorturner hier.«

Enno und Anke feixten sich eins. Die beiden hatten auch kein großes Verlangen nach solchen Veranstaltungen.

»Na, warte ab«, sagte Vollmers mit einem bittersüßen Ton in der Stimme. »In einem Jahr bist du dran, dann geht der Kelch nicht mehr an dir vorüber, liebe Anke.« Er zwinkerte ihr zu.

## 13

Als Enno Melchert das Charly's betrat, schlug ihm eine Mischung aus Alkohol, Zigarettenrauch und dem süßlich-faulen Duft von Patchouli entgegen. Aus den Boxen tönte »Temple of love« von The Sisters of Mercy.

Das Charly's zählt zu den angesagtesten Musikkneipen in Norddeutschland, die Konzerte sind legendär, und die Atmosphäre ist einmalig. Jetzt lag das komplette Lokal in fast völliger Dunkelheit vor ihm. Finstere Gestalten schlurften durch den Raum oder drückten sich in irgendwelche Ecken und nippten an obskur aussehenden Cocktails. Die Szene erinnerte Enno entfernt an einen der alten Hollywood-Vampir-Schinken. Der Tischkicker war mit einer schwarzen Folie abgedeckt, und überall an den Wänden verbargen schwarze Vorhänge die Fotos und Bilder der unzähligen Stars und Sternchen, die hier in den letzten Jahren aufgetreten waren.

An der Theke erkannte er zwei Gesichter vom Titelbild der Facebook-Seite: Michael, der sich selber Lord of Darkness nannte, und seine Lebensgefährtin Nadine, die Lady of Darkness. Scheinbar stritten sie, doch wegen der lauten Musik konnte Enno nichts verstehen.

Er schlenderte zur Bar und bestellte sich einen Whisky. Auch hierfür war das Charly's berühmt. Liebhaber des goldbraunen Getränks konnten hier aus über 35 verschiedenen Sorten wählen. Heute gönnte Enno sich etwas Besonderes, einen

Glengoyne 25 Year Old Single Malt aus den schottischen Highlands.

Genüsslich schlürfte er das bernsteinfarbene Getränk und ließ die 48 Prozent ihre Wirkung tun. Aus dem Augenwinkel blickte er immer wieder zu Michael und Nadine hinüber, deren Streit offenbar zu eskalieren drohte, denn ohne Vorwarnung riss Nadine auf einmal ihre Bierflasche vom Tresen und wollte damit auf Michael einschlagen. Eine dritte Person ging dazwischen und blockierte ihren Schlag, bevor sie ihn traf.

Ein weiteres Wortgefecht folgte, an dessen Ende Nadine aus dem Raum rannte.

Enno Melchert leerte sein Glas und verließ die Kneipe.

Als er auf die Wallstraße trat, war die Lady of Darkness bereits an der Ecke von Burger King und bog links ab. Ohne zu zögern, folgte er ihr, zunächst am Lappan vorbei, dann über den Heiligengeistwall in Richtung Wallanlagen.

Nadine eilte weiter durch die spärlich beleuchtete Parkanlage an der Haaren entlang. Enno blieb in sicherem Abstand hinter ihr. Nur einmal hielt sie kurz inne, um sich eine Zigarette anzuzünden. Er konnte sich gerade noch hinter einer alten Weide verstecken, als sie sich umsah und ins Dunkel starrte, als ob sie seine Anwesenheit spüren würde. Scheinbar aufgewühlt, fuhr sie sich durchs schwarze, schulterlange Haar und zog hektisch an der Zigarette.

Enno konnte ihr Gesicht und die darauf glänzenden Tränen im Aufglimmen der Glut von seinem Versteck aus erkennen. Zunächst schien es, als würde sie auf etwas oder jemanden warten, doch dann warf sie plötzlich die Zigarette auf den Weg aus Kies und Sand und malträtierte sie so lange mit der Sohle ihrer schwarzen, kniehohen Schnürstiefel, bis die Glut schließlich aufgab.

Er folgte ihr weiter durch die Nacht, über die kleine Holzbrücke, an der mannshohen Hecke vorbei hinüber bis zum PFL, dessen Uhr fast Mitternacht anzeigte.

Das Kulturzentrum im ehemaligen Peter Friedrich Ludwig Hospital, das 1838 – 1841 errichtet wurde, gilt als architektonischer Höhepunkt. Man konnte fast vergessen, dass die geschwungene Auffahrt einst zu einem Krankenhaus führte. Später wurde der Bau umfassend restauriert und für kulturelle Zwecke hergerichtet. Unter anderem fand die Stadtbibliothek hier ihren Platz. Enno Melchert zog es regelmäßig zur jährlich stattfindenden Kinderbuchmesse hierher.

Rechts von ihnen lag St. Peter eingehüllt in Baugerüste und Planen still da. Nur die seitlichen drei Fenster waren schwach beleuchtet und versuchten einen Rest von Göttlichkeit zu verströmen, was der 1876 fertiggestellten Kirche aber nur schlecht gelang.

Nadine reckte den Mittelfinger gen Kirchturm, dann überquerte sie die Straße und bog in die Katharinenstraße ein. Das etwas weiter zurück liegende Edith-Russ-Haus entzog sich ob seiner unauffälligen Architektur ihren Blicken. Enno Melchert kam sich wie auf einer nächtlichen Stadtführung vor. Eine Sehenswürdigkeit jagte die nächste. Er schmunzelte und drückte sich in eine

Hofeinfahrt, als sich die Lady of Darkness wieder umdrehte, um zu prüfen, ob ihr jemand folgte – als hätte sie einen siebten Sinn! Enno zog sich noch etwas tiefer in den Schatten des Carports zurück. Wohin wollte sie bloß?

Nachdem er einen Moment gewartet hatte, nahm der die Verfolgung wieder auf. So ging es noch eine ganze Weile, scheinbar ziellos, kreuz und quer durch das nächtliche Oldenburg. Immer wieder schlug sie Haken, bis sie schließlich vor einem netten, kleinen Reihenhaus im Dobbenviertel stehen blieb, sich hinter einen parkenden VW Kleintransporter kauerte und zu einem Fenster in der zweiten Etage hinaufstarrte, hinter dem sich tänzelnd das warme Licht mehrerer Kerzen bewegte.

Enno Melchert stutzte. Er kannte das Gebäude, oder besser gesagt die Adresse: Sie stand vor dem Haus von Ute und Heino Brandhorst.

Einige Kilometer weiter im Stadtnorden war auch Werner Vollmers auf den Beinen.

Obwohl der Kommissar und seine Frau schon seit längerem keinen Hund mehr hatten, hielt er an der alten Tradition fest und machte fast jeden Abend eine Runde. In Gedanken versunken, ließ er auf diesen Spaziergängen durch das abendliche Metjendorf noch mal die Geschehnisse des Tages Revue passieren. Normalerweise ging er den Weg, den er auch immer mit ihrem Boxerrüden gegangen war: an der Bushaltestelle vorbei Richtung Kreisel, am neuen Wohngebiet Heide Placken entlang, weiter auf der rechten unbebauten Straßenseite und schließlich links rein in den Heidkamper Weg. Hier konnte er, wenn er nicht gerade zu einer ungünstigen Zeit kam und Unmengen von anderen Hundebesitzern die langgezogene Straße nutzten, den Boxer von der Leine lassen.

Diesmal hatte er unbewusst eine andere Strecke gewählt. Er war gut ein halbe Stunde unterwegs, als er plötzlich vor einem ausgebrannten Haus stand. Nachdenklich musterte er die im Halbdunkel liegende Ruine. Der ehemals weiße Klinker war vom Ruß geschwärzt, der Dachstuhl war komplett ausgebrannt und offenbarte sein verkohltes Gerippe. Rot-weißes Absperrband flatterte im Wind, ein Schild mit »Betreten verboten« sollte Neugierige auf Abstand halten. Ein orangefarbener Radlader stand schon bereit, um seine Arbeit zu verrichten.

Hier waren vor kurzem drei Menschen, eine komplette Familie, ums Leben gekommen. Sie hatten Selbstmord begangen, weil sie aus finanziellen Gründen ihr Haus verloren hatten. Das besagten zumindest ihr Abschiedsbrief und ihre Nachrichten auf Facebook.

Vollmers fröstelte. Eine ganze Familie ausgelöscht. Eine Welle der Trauer überrollte ihn. Hätten die Eltern nicht wenigstens das Leben ihres Kindes verschonen können … Seine Hand glitt zu seinen Zigaretten in die Jackentasche, er zog sie dann aber zurück. Sich hier eine anzuzünden, kam ihm auf einmal irgendwie pietätlos vor.

Er wandte sich ab und machte sich auf den Rückweg nach Hause, wo seine Frau auf ihn wartete.

Seine Gedanken schwirrten durch die Nacht: Und was, wenn die Friedhofsschändungen, selbst die auf dem jüdischen Friedhof in der Dedestraße, gar keinen rechtsradikalen oder satanistischen Hintergrund hatten, sondern das alles nur ein Ablenkungsmanöver war?

Er wurde das Gefühl nicht los, dass sie einer falschen Fährte folgten. Doch was könnte sonst hinter den Verwüstungen stecken? Und welche Rolle spielte der getötete Friedhofsgärtner dabei? Hatte jemand ein Motiv, oder war Brandhorst einfach zur falschen Zeit am falschen Ort gewesen?

Den ganzen Weg grübelte er, kam aber zu keinem Ergebnis.

Wenn er zu Hause war, würde sein Aquarium wieder dran glauben müssen. Denn immer wenn er in einem Fall nicht weiterkam, baute er das Becken in seinem Wohnzimmer um. Die Fische hatten sich mittlerweile daran gewöhnt.

## 14

Die messerscharfe, beidseitig geschliffene schwarze Klinge fuhr durch das warme, weiche Fleisch und durchtrennte Sehnen, Muskeln, die Hauptschlagader und die Halswirbel, ohne auf nennenswerten Widerstand zu treffen. Wie durch Butter fuhr sie durch Gewebe und Nervenstränge. Tiefrotes Blut spritzte aus der Wunde, verteilte sich um ihn herum auf den Wänden und dem Boden und hinterließ ein makabres Muster, während kräftige, unnachgiebige Hände den leblosen Körper schüttelten wie eine Stoffpuppe. Der Kopf kippte haltlos nach hinten, ein gurgelnder Laut entwich der Kehle.

Alles ging so schnell und schmerzlos von statten, dass Kopf und Körper noch Sekunden danach nicht wirklich registriert hatten, was da soeben geschehen war. Wie in Trance zuckten die dünnen Beine, als befänden sie sich auf Wanderschaft. Ein weiterer Schwall dunkelroten Blutes spritzte an die Wand hinter ihm, langsam begann der Strom zu versiegen – und schon war auch der letzten Tropfen Lebenssaft entwichen.

Er ließ den leblosen Körper achtlos fallen, leckte sich das Blut von den Fingern und genoss den metallenen Geschmack. Dann begann er mit der eigentlichen Arbeit. Die Botschaft sollte klar und unmissverständlich sein. Sie sollten die Finger aus seinen Geschäften lassen!

## 15

Enno Melchert wäre fast auf den abgetrennten Kopf getreten, als er gegen sechs Uhr dreißig schlaftrunken vor die Tür trat. Der Kopf eines Huhns lag direkt auf der Fußmatte. Die Wände waren mit Blutspritzern übersät, die Fenster mit blutroten Strichen und Zeichnungen versehen. Auf der Wand stand mit Blut geschrieben: »Lasse ab, sonst Satans Diner verfluchen dir!«

Irritiert blickte Enno sich um. Der Hof vor ihm war leer. Auf der Cloppenburger Straße zog der Verkehr zäh in Richtung Innenstadt vorbei, ohne von den blutigen Vorkommnissen auch nur im Geringsten Notiz zu nehmen. Ohne zu zögern, zückte Enno sein Handy und alarmierte zunächst die Spurensicherung, dann wählte er die Nummern von Vollmers und Anke Frerichs.

Sie waren sofort gekommen. Während die Kollegen den Tatort untersuchten, hatten die drei sich in den gegenüberliegenden Burger King zurückgezogen, um in Ruhe über den Vorfall zu sprechen. Um diese Zeit war hier noch nicht allzu viel los. Nur ein paar vereinzelte Schüler und Geschäftsleute saßen überwiegend schweigend und schlaftrunken vor ihrem Fastfood-Frühstück.

»Was mich irritiert, ist: In einem Voodoo-Ritual werden Opfergaben, oft Früchte, Blumen, Getränke, aber auch Tiere dargebracht. Soweit okay, aber so einem Blutopfer kommt eine ganz besondere Bedeutung zu. Anhänger des Voodoo opfern zum Beispiel ausgewachsene Hühner, das stimmt. Dabei nimmt der angebetete Voodoo-

Geist von dem Opfer die Seele auf, die körperlichen Überreste, also das Fleisch, die Federn oder der Schnabel bleiben dem Opfernden«, erklärte Enno Melchert.

»Und was irritiert dich jetzt genau?« fragte Anke Frerichs.

»Voodoo und der klassische Satanismus sind per Definition zwei gänzlich unterschiedliche Paar Schuhe. Sie haben eigentlich überhaupt nichts miteinander zu tun. Grob gesagt, werden beim Voodoo die unterschiedlichsten Gottheiten verehrt und beim Satanismus in erster Linie der Teufel. Obwohl das bei genauerer Betrachtung auch nur die halbe Wahrheit ist. Beim ›modernen Satanismus‹ wird mittlerweile eher ein atheistischer und rationalistischer Standpunkt vertreten, es steht weniger der Teufel und das alte ›Gut gegen Böse‹ im Mittelpunkt, sondern mehr die völlige geistige und spirituelle Freiheit des Menschen.« Als Enno Melchert kurz durchatmete, nahm er den irritierten Blick seiner Kollegen wahr. »Aber lassen wir das, das würde nur zu einer ... äh ... theologischen Diskussion ...«

»Also will uns hier jemand aufs Glatteis führen?« unterbrach ihn Vollmers.

»Könnte sein. Ich weiß es nicht. Mich wundert nur, dass hier zwei so unterschiedliche Sachen einfach durcheinandergeworfen werden. Voodoo passt zum Beispiel überhaupt nicht zu dem satanistisch anmutenden Symbol, das wir auf den Friedhöfen gefunden haben.«

Vollmers nickte zustimmend. »Das hat keinen Sinn, da hast du recht. Aber wisst ihr, was mich noch stört?«

Enno und Anke zuckten gleichzeitig mit den Achseln.

»Mich stören die Schreibfehler in der Botschaft. Ich kann dir nicht genau sagen, warum, aber ich weigere mich zu glauben, dass wir es hier mit solchen Volldeppen zu tun haben sollen.«

»Volldeppen – oder ganz banal jemand, der der deutschen Sprache nicht wirklich mächtig ist«, warf Anke Frerichs ein, während sie aufstand, um sich noch einen Kaffee zu kaufen. »Soll ich euch noch einen mitbringen?«

Vollmers hob den Daumen.

»Nee, ich nehme noch ne Cola«, sagte Enno, »und bring mir bitte noch einen Crispy Chicken mit.«

»Ich glaub's ja nicht. Du willst doch jetzt nach dieser Nummer nicht im Ernst einen Chicken Burger essen?« Anke Frerichs schüttelte sich, aber Enno Melchert hörte schon nicht mehr zu, er hatte sich wieder Vollmers zugewandt.

## 16

Kurz nach Ankunft der drei Ermittler in ihrem Büro, klopfte es, und Mandy Dittchen aus der Zentrale lugte durch den Türspalt.

»Hallo zusammen! Der hier wurde gerade für Enno abgegeben.« Sie wedelte mit einem edlen Umschlag. »Ist von einem Dr. Drettmann.«

»Oh, das ist super. Gib her!« Enno Melchert schnappte sich den Umschlag. Dabei zwinkerte er Mandy zu, die prompt errötete.

Im Präsidium war es ein offenes Geheimnis, dass sie in den jungen Ermittler verliebt war. Ob Enno die Zuneigung erwiderte? Bisher zumindest hatte es nur für den einen oder anderen Flirt gereicht.

»Danke, Mandy«, übernahm Anke für Enno, der den Umschlag schon aufgerissen und begonnen hatte, den Brief zu lesen.

Mandy schloss leise die Tür.

»Irgendwas Interessantes?« fragte Vollmers.

Enno blickte auf. »In der Tat«, sagte er und las vor:

»*Sehr geehrter Herr Melchert,*

*ich bedanke mich für Ihre Anfrage. Wie gewünscht, habe ich mich dem von Ihnen zugesandten Symbol gewidmet. Wenn man es anhand der dargestellten Form und der Optik analysiert, komme ich nach eingehender Untersuchung zu der folgenden Interpretation:*

*Der Kreis steht grundlegend für das Vollkommene, das Göttliche beziehungsweise auch das Unendliche. Die brennende, nach oben gerichte-*

te Fackel steht für die Geburt, die Kraft des Lebens und der Freiheit, die nach unten gerichtete, gelöschte Fackel für den Tod. Diese Fackeln werden häufig in Form von einem Y stilisiert dargestellt, insbesondere als frei gewählte Symbole für den Geburts- und Todestag am Denkmal eines Heiden, der sich von dem christlichen Stern und Kreuz distanzieren möchte. Stellt man beide Fackeln in Zusammenhang, wird ein gewisser Dualismus erkennbar, wie Yin und Yang, Licht und Finsternis. Vereint man diese nun noch mit dem Kreis, so denkt man an den Zyklus des Lebens, des Werdens und des Vergehens, aber auch hier denkbar dann die Wiedergeburt, die das Werden wieder einleitet. Soweit meine Analyse. Wie Sie daraus erkennen können, haben wir es hier eindeutig nicht mit einem satanistischen Symbol zu tun. Genau genommen ist es in der einschlägigen Literatur in dieser Form nicht einmal vorzufinden. Mein abschließendes Fazit: Hier hat jemand etwas kreiert, um den geneigten Betrachter in die Irre zu führen. Ich hoffe, dass Ihnen meine Analyse dienlich war, und verbleibe hochachtungsvoll,

Ihr Dr. Albert Drettmann

PS: In der Anlage erhalten Sie meine Kostennote mit der Bitte um eine zeitnahe Begleichung derselben. Für weitere Fragen stehe ich Ihnen gerne jederzeit zur Verfügung.

Leute, wir stecken eindeutig in einer Sackgasse. Zumindest was die Satanisten betrifft. Ich glaube nicht, dass wir mit der Schwarzen Szene auf der richtigen Spur sind. Ich befürchte, wir müssen mit unseren Ermittlungen noch einmal ganz von vorne anfangen«, meinte Enno Melchert abschließend.

Anke Frerichs stimmte ihm zu.

Vollmers schwieg. Nachdenklich wanderte er durch das Büro und ließ dabei immer wieder den Deckel seines Feuerzeugs auf- und zuschnappen.

Seine Kollegen folgten ihm mit ihren Blicken und warteten ab.

»Also gut«, sagte er dann, »wenn wir es hier nicht mit einem satanistischen Hintergrund zu tun haben, was haben wir dann für Anhaltspunkte? Los, lasst euch was einfallen!«

Anke Frerichs sprang auf, schnappte sich einen Edding und strich »Schwarze Szene«, »Raubmord« und »Nazis« von der Liste. »Beziehungstat« folgte. Was blieb, waren »Unbekanntes Bauteil«, »Vandalismus« und »Zufall«.

Sie steckte die Kappe wieder auf den Stift und sah die anderen fragend an.

Mit betretenen Mienen saßen sie da. Das Klingeln von Ankes Handy riss sie aus ihrer Lethargie. Sie sah aufs Display.

»Das ist Adem Balci. Dem hatte ich die Fotos von dem Bauteil gemailt …«

Das Telefonat mit Ankes Bekanntem war mehr als gehaltvoll gewesen. Er hatte das elektronische Fundstück als Teil eines Metalldetektors, einem Gerät, wie es die Sondengänger verwenden, identifiziert. Als Krönung konnte er den Ermittlern sogar den Typ und den Hersteller nennen. Es gehörte zu einem Minelab GPX 4800 Pro.

Nach dem Mittagessen saßen Vollmers, Frerichs und Melchert in der hintersten Ecke der fast menschenleeren Kantine des Polizeipräsidiums um Ennos neuestes Spielzeug, ein iPad Air, herum und tranken Kaffee. Für Vollmers und Enno hatte es heute Königsberger Klopse mit Bratkartoffeln gegeben. Anke Frerichs hatte einen Salat mit Putenstreifen gegessen.

Dank W-LAN, das mittlerweile im ganzen Gebäude verfügbar war, konnte man selbst beim Essen im Internet surfen. Frerichs und Vollmers saßen träge da, während Enno Melchert einen Artikel aus Wikipedia vorlas:

»Ein Sondengänger ist jemand, der mit einem Metalldetektor gezielt nach Gegenständen im Boden sucht. Das wird im Fachjargon auch gerne als sondeln bezeichnet. Seinen Anfang hat dieses Hobby in den sechziger Jahren, seitdem wurden nämlich die ersten Metallsuchgeräte zum nichtmilitärischen Gebrauch, zur Schatzsuche (Treasure Hunting) hergestellt beziehungsweise an Privatleute verkauft. Bekannte Hersteller waren unter anderem Fisher Laboratories, Minelab, White's und Garrett. Diese Art der Schatzsuche hielt Anfang der Siebziger Einzug nach Europa. Man schätzt die Zahl derer, die in der EU dieses Hobby betreiben, mittlerweile auf mehrere Hunderttausend. Manche der Sondengänger, manchmal auch Detektoristen genannt, haben sich auf Gold und andere wertvolle Metalle spezialisiert.«

»Mal ne Frage zwischendurch: Und das darf man so einfach?« Anke Frerichs nippte an ihrem

Kaffee. Als Enno Melchert den passenden Absatz gefunden hatte, las er weiter vor:

»Ungenehmigte Nachforschungen und Grabungen auf Bodendenkmälern werden als sogenannte Raubgrabungen bezeichnet. Sie verstoßen nicht nur gegen das Denkmalrecht, sondern erfüllen oft auch den Tatbestand der Unterschlagung und eventuell den der gemeinschädlichen Sachbeschädigung.«

Vollmers unterbrach ihn: »Raubgrabungen? Dazu läuft doch gerade eine Ausstellung im Landesmuseum für Natur und Mensch, oder? Ich meine, ich hätte bei dem Leichenfund von Hanna Bolt, der jungen Frau aus Petersfehn, die im Museum am Damm umgebracht wurde, ein Ankündigungsplakat im Schaukasten vor der Eingangstür gesehen.«

Enno Melchert googelte nach der Website des Landesmuseums, die verkündete: »Die Ausstellung ›Raubgräber – Grabräuber‹ thematisiert die Problematik illegaler Archäologie und des Handels mit Kulturgut.«

»Jemand sollte da mal vorbeifahren und den Direktor … wie hieß der noch?« Vollmers strich sich über seinen fast kahlen Kopf.

»Dr. Reichert? Den stellvertretenden Museumsdirektor?« half Anke ihm.

»Richtig. Dr. Reichert ...«

»... och nö, bitte nicht den«, entfuhr es Anke Frerichs. Enno Melchert wandte sich grinsend ab und blickte pfeifend in einen imaginären Himmel.

»Ist ja schon gut. Ich mach das. Jetzt wird's aber echt albern hier.« Vollmers hatte Direktor

Reichert schon beim letzten Mal an der Backe gehabt. »Also, weiter im Text!«

Enno schloss die Museums-Website und las weiter:

»Die Motivation für solche Raubgrabungen ist in der Regel, sich durch einen Verkauf der Funde zu bereichern oder sie heimlich in einer Privatsammlung verschwinden zu lassen. Der bislang bekannteste Fall von Raubgräberei mit Hilfe von Metalldetektoren ist der der Himmelsscheibe von Nebra, die 1999 auf dem Mittelberg in Sachsen-Anhalt gefunden wurde. Die Scheibe ist eine circa 3.700 bis 4.100 Jahre alte Bronzeplatte mit Goldapplikationen, die wohl astronomische Phänomene und Symbole religiöser Themenkreise darstellen. Sie gilt als die weltweit älteste konkrete Himmelsdarstellung und als einer der wichtigsten archäologischen Funde aus dieser Zeit. Sie wurde von Henry Westphal und Mario Renner, zwei Raubgräbern, entdeckt, die sie zunächst für den Mittelteil eines Schildes hielten. Die illegal agierenden Sondengänger arbeiteten dabei mit einem Metalldetektor. Der Wert der Himmelsscheibe ist unschätzbar. Ihr Versicherungswert lag 2006 bei hundert Millionen Euro.«

»Hundert Millionen Euro?« entfuhr es Anke. »Krass!«

»Hier«, Enno deutete auf den Bildschirm, »jetzt wird's für uns interessanter: Auch die Suche nach militärischen Hinterlassenschaften birgt Gefahren und Probleme: Jahr für Jahr sterben und verletzen sich Sondengänger beim Versuch, Fundmunition selbst zu entschärfen, oder gefährden unbeteiligte Mitmenschen bei deren Transport und Lagerung. Zudem werden häufig die Gebeine von gefallenen Soldaten ihrer Erkennungsmarken und anderer Ausrüstungsgegenstände beraubt (Störung der Totenruhe). Einige kommen auch beim Einsturz von Höhlen oder Grabungsstätten zu Tode. Nicht selten kommt es bei bedeutenden Funden auch zu Tötungsdelikten aus Habgier, Missgunst oder Uneinigkeit darüber, wie nun mit den Funden verfahren werden soll.«

»Habgier. Ein klassisches Motiv. Das könnte natürlich sein. Dann hätte in dem Grab, in dem Heino Brandhorst erschlagen wurde, aber irgendwas zu holen sein müssen. Nur was?« Vollmers warf fragend einen Blick in die Runde. Ein weiterer Würfel Zucker folgte den vorangegangenen drei Stücken in den mittlerweile nur noch lauwarmen Kaffee.

»Wertvolle Grabbeigaben oder eine Erkennungsmarke würde ich in dem Grab von Dr. Schüßler eigentlich nicht vermuten«, sagte Anke Frerichs, während sie aufstand, um ihren Becher an der Kaffeemaschine, die gelegentlich durch leises Gurgeln und Pfeifen auf sich aufmerksam machte, aufzufüllen.

»Vielleicht lagen ja ein paar mumifizierte Globuli drin«, feixte Enno Melchert.

Vollmers verdrehte die Augen und stand ebenfalls auf.

»Also, ich gucke mal, was ich im Museum herausfinde. Vielleicht kann uns dieser Dr. Reichert ja irgendwelche interessanten Hinweise, geben. Du, Enno, siehst dich bitte mal weiter im Netz um, vielleicht gibt es ja Sondengänger-Vereine oder Clubs in der Umgebung. Wenn ja, sollten wir die mal genauer unter die Lupe nehmen. Anke, du kannst mal dem Friedhofsgärtner vom Neuen Osternburger Friedhof an der Cloppenburger Straße einen Besuch abstatten. Da wurde gestern die komplette Urnen-Anlage verwüstet. Okay?«

Unvermittelt sprang Enno Melchert mit einem breiten Grinsen im Gesicht auf, schlug die Hacken klackend zusammen und schwang die linke Hand zum Gruß an die Stirn. »Jawohl, Sir! Sofort, Sir!«

Zunächst leicht verwundert, wandte sich Vollmers, ein angedeutetes Lächeln umspielte seine Lippen, kopfschüttelnd ab und machte sich auf den Weg zur Tür, während Anke Frerichs ob der komischen Szene irritiert von einem zum anderen blickte.

## 17

Die Nordwest-Zeitung berichtet:

**Polizist im Morgengrauen mit satanistischem Ritual überrascht. Satanisten in Oldenburg? Gruftis = Teufelsanbeter?**

**Der Kommentar von Chefredakteur Herbert Eggers zu den Vorkommnissen:**

*Unlängst sind in Russland acht Satanisten festgenommen worden, weil sie vier Jugendliche getötet haben und Teile von ihnen verspeisen wollten. Wie die »Komsomolskaja Prawda« unlängst berichtete, wurden drei Mädchen und ein Junge im Alter von 16 und 17 Jahren in ein Landhaus bei Jaroslawl in der Nähe der Wolga im Westen Russlands gelockt und dort nach einem satanistischen Ritual erstochen und zerstückelt. Anschließend wurden Teile der Leichen von den Tätern gebraten und gegessen. Die Polizei kam den Satanisten über einen Informanten auf die Schliche. Zur gleichen Zeit sorgt in den USA eine junge Frau für Entsetzen. Die 19-Jährige, die wegen Mordverdachts im Gefängnis sitzt, soll in den letzten Jahren mindestens 22 Menschen getötet haben. Das Morden soll sie von Satanisten gelernt haben.*

*Sind die Taten in Russland und den USA womöglich das Vorbild für ein kürzlich in Oldenburg verübtes satanistisches Ritual, mit dem ein Ermittler der Oldenburger Kriminalpolizei vor seinem Haus überrascht wurde? Zwar fiel den vermeintlichen*

*Satanisten diesmal kein Mensch zum Opfer, nur ein bemitleidenswertes altes Huhn musste sein Leben lassen, aber fest steht, hier ist eine deutliche Warnung an die Ermittler adressiert worden.*

*Steht diese Tat mit den Friedhofsschändungen in Verbindung, die Oldenburgs Bürger nun schon seit längerem erschüttern? Oder ist die Polizei gar auf der falschen Spur? Informationen aus Insiderkreisen deuten darauf hin.*

*Fest steht, unsere drei Top-Ermittler haben nichts vorzuweisen und geben wie im Fall Torsten Haders kein sonderlich gutes Bild ab. Unsere Polizei schläft, während ein hinterhältiger Mörder sein Unwesen treibt und die Ermittler darüber hinaus verhöhnt und vorführt.*

*Ich meine, es wird Zeit für Ergebnisse – bevor unsere Stadt zur Hölle fährt!*

## 18

Herbert Moor stand, die Unterarme auf den Stiel eines Spatens gestützt, vor dem gut 1,60 Meter tiefen, 2,20 Meter langen und etwa achtzig Zentimeter breiten Loch und blickte leicht außer Atem, aber sehr zufrieden in die Runde. Seit über zwanzig Jahren arbeitete er nunmehr auf dem Neuen Friedhof Osternburg. Wie viele Gräber er in den Jahren ausgehoben hatte, wusste er nicht genau, aber es mussten Hunderte gewesen sein. Und das war keine leichte Aufgabe, denn hier wurden die Grabkammern, so der fachlich korrekte Begriff, noch überwiegend per Hand geöffnet und geschlossen. Ein Bagger kam nur bei extremer Kälte und gefrorenem Boden zum Einsatz.

Er schob seine braune Mütze in den Nacken und wischte sich mit einem alten Stofftaschentuch den Schweiß von der Stirn, als er die blonde Frau entdeckte, die vom Eingang Cloppenburger Straße aus auf ihn zukam. Während sie durch die Grabreihen schritt, sah sie sich forschend um.

Polizei, Privatdetektivin oder Ordnungsamt. Moor hatte sich über die Jahre eine recht gute Menschenkenntnis angeeignet und es sich zum Hobby gemacht, einzuschätzen, welche Berufe die Besucher des Friedhofs wohl ausübten. Diesmal war er sich fast zu hundert Prozent sicher.

»Guten Tag. Mein Name ist Anke Frerichs von der Kriminalpolizei Oldenburg«, sie hielt ihm einen zerknickten Ausweis vor die Nase, »sind Sie Herr Moor?«

Kriminalpolizei. Moor freute sich. Treffer, versenkt!

»Ja, ich bin Herbert Moor. Was kann ich für Sie tun? Ich habe Ihren Kollegen doch schon alle Fragen beantwortet.« Er rückte seine Mütze wieder gerade und sah Anke Frerichs mit offenem und freundlichem Blick in die Augen.

In knappen Zügen erläuterte sie Moor den Grund ihres Hierseins. Auch er zeigte sich betroffen über den Tod seines Kollegen. Brauchbare Hinweise konnte er aber auch nicht liefern.

Anke Frerichs wollte sich schon verabschieden, da fiel ihr Blick auf eine Mauer, auf der die Namen von Verstorbenen zu sehen waren. Das Urnenfeld davor sah aus, als ob hier eine Horde Maulwürfe gewütet hätte.

Moor folgte ihrem Blick. Zornesfalten erschienen auf seiner Stirn. »Die Schweine haben hier alles umgegraben, als ob sie Kartoffeln ernten würden.« Er zuckte resigniert die Schultern. »Keine Ahnung, was die hier gesucht haben ...«

»Haben Sie eine Idee?«

Moor zuckte erneut mit den Schultern. »Außer Asche ist in den Urnen in der Regel nicht viel zu finden. Mit etwas Glück vielleicht mal ein kleines Klümpchen Gold, aber da muss man meiner Meinung nach schon sehr viel Glück haben.«

Anke Frerichs wurde hellhörig ...

## 19

»Diese Sondengänger sind ein richtige Plage«, dozierte Dr. Gerd Reichert und stapfte wild mit den Armen fuchtelnd durch sein Büro. Vollmers hörte nur mit einem halben Ohr zu. Er hatte in einem dunkelbraunen Sessel aus Leder Platz genommen und unterzog das Büro, das ausgestattet war wie eine Kapitänskajüte auf einem alten Segelschiff zu Columbus' Zeit, einer eingehenden Musterung.

Rechts neben dem Schreibtisch hing eine etwa A3-große Fotografie, die ein Auto zeigte, das mit dem Kofferraum aus einem Fenster heraushing. Der rote Chevrolet, der vor einiger Zeit hier im Rahmen der Sonderausstellung »Meteoriteneinschlag« im Landesmuseum ausgestellt worden war, wurde 1992 bei New York von einem Meteoriten getroffen. Der circa zwölf Kilogramm schwere »Peekskill« durchschlug das Heck des Wagens. Unter großem Aufwand hatte man damals das Auto in die zweite Etage des Museums gehievt.

»Welche Schäden diese Leute, ich möchte fast sagen, diese Raubritter, der Wissenschaft zufügen, ist gar nicht zu ermessen«, setzte Dr. Gerd Reichert seinen nicht enden wollenden Monolog fort.

Mehrfach versuchte der Kommissar, meist erfolglos, dazwischenzukommen. Nur gelegentlich bot sich die Chance, eine Frage zu platzieren. »Herr Reichert, wie verhält es sich mit Friedhöfen im Allgemeinen? Ist da heutzutage was zu holen?«

»Schon im alten Ägypten und in allen vorherigen und folgenden Kulturkreisen war es üblich, den Verstorbenen ...« Vollmers verdrehte die Augen. Tatsächlich dauerte es gut 25 Minuten, bis Dr. Reichert tatsächlich zu einem halbwegs interessanten Punkt kam: »Gold. Neben historischen Fundstücken besteht durchaus die Möglichkeit, Gold auf einem Friedhof zu finden. Zahngold, Eheringe, Schmuck oder was auch immer die Hinterbliebenen den Verstorbenen mitgegeben oder gelassen haben. So haben Archäologen vor ein paar Jahren in Altenburg einen Friedhof aus dem Mittelalter entdeckt und in einem der Gräber eine einzigartige Grabbeigabe gefunden: einen Ring, in diesem Fall aus Silber, mit einem Stein aus Lapislazuli. Eine Sensation! Oder in Altingen, in Thüringen, dort fand kürzlich ein Siebenjähriger drei Schwerter aus dem sechsten Jahrhundert. Die Archäologen legten danach ein ganzes Grab frei. Dort, wo heute ein Baugebiet liegt, hatten Alemannen einen Friedhof angelegt. Man grub Zähne und Knochen von einem 1,80 Meter großen Mann aus, der vor circa 1.500 Jahren starb. Da die Knochen durcheinanderlagen, glaubt man, dass hier Grabräuber am Werk waren, denn für die Alemannen ist es nicht typisch, mehrere Schwerter in eine einzige Ruhestätte zu legen. Daher gehen die Archäologen davon aus, dass unter dem Baugebiet ein ganzer Friedhof liegt. Ich erwarte hier auch noch den einen oder anderen Goldfund, wobei man das natürlich nicht voraussagen kann. Man wird sehen ...«

Reichert stolzierte durch sein Büro und schien nachzudenken. »Auch sehr interessant: der Goldfund von Lorup. Er wurde 1892 beim Pflügen im

Loruper Moor gefunden. Er besteht aus zwölf Spiralröllchen und zwei offenen, ovalen Armringen aus Golddraht sowie einer Bernsteinperle, die dann später vom Städtischen Museum Osnabrück angekauft wurden.« Er machte eine kurze Pause. Dann schien ihm etwas eingefallen zu sein. »Aber wirklich außerordentlich bemerkenswert ist der sogenannte Goldhort von Gessel, ein bronzezeitlicher Depotfund. 117 Teile aus purem Gold mit einem Gesamtgewicht von etwa 1,7 Kilogramm. Der Schatz lag rund 3.300 Jahre ungestört im Erdboden und gehört nach dem Eberswalder Goldschatz sicherlich zu den größten prähistorischen Hortfunden in Mitteleuropa. Er wurde im April 2011 bei archäologischen Untersuchungen vor dem Bau der NEL-Erdgaspipeline entdeckt. Die Fundstelle liegt in der Nähe des Syker Ortsteils Gessel. Allerdings nicht auf einem Friedhof.« Dr. Reichert war nun richtig in Fahrt gekommen, Vollmers hatte Mühe, ihn zu bremsen.

»Dr. Reichert. Was ist mit Oldenburg? Darf man hier irgendwelche Goldschätze vermuten? Was ist mit dem St. Gertrudenkirchhof?«

Irritiert ob der Unterbrechung sah der Museumsdirektor ihn verwirrt an.

»Da dürfte außer etwas Zahngold nicht viel zu finden sein. Sollte mich auf jeden Fall sehr wundern ...« Fast schon beleidigt ließ er sich in seinen ledernen Chefsessel fallen und drehte sich mit Schwung einmal um die eigene Achse.

»Obwohl«, er machte ein andächtige Pause und begann seine Brillengläser mit einem Taschentuch zu putzen, »wie Ihnen bekannt sein dürfte, speziell der St. Gertrudenkirchhof beheimatet ja eine ganze Menge prominenter Oldenburger Persönlichkeiten. Nehmen wir zum Beispiel Horst Janssen, Edith Russ, Dr. Schüßler, nicht zu vergessen Christian Daniel von Finckh und Albrecht Ludwig von Berger«, reihte er aus dem Stegreif gleich mehrere Namen aneinander. »Oder den am 17. Juli 1926 verstorbene Archivar und Historiker Georg Sello.«

Vollmers verdrehte erneut die Augen und seufzte. Diesmal blieb Dr. Reichert diese Engleisung des Kommissars nicht verborgen. Er räusperte sich empört.

»Ach, ich rede zu viel. Ich muss auch los. Wenn es Sie interessiert, können Sie das ja alles auch selber nachlesen. Fragen Sie bei Isensee nach Büchern von Bernd Franken. Der hat einiges über den St. Gertrudenkirchhof zusammengetragen – und ich glaube, der macht auch regelmäßig Führungen durch die Kapelle. So, nun muss ich Sie aber verabschieden.« Er deutete mit einer unmissverständlichen Geste auf die Tür.

## 20

Das Telefon klingelte bereits zum zehnten Mal. Es schien niemand zu Hause zu sein. Anke Frerichs schaute genervt auf die Uhr. Drei Tage versuchten sie und Enno nun schon, einen Herrn Röver zu erreichen, den Enno auf www.sondengaenger-hunte-weser.de im Impressum als Ansprechpartner ausgemacht hatte. Sie wollte gerade auflegen, da hörte sie ein Knacken und eine leise Stimme. Schnell riss sie den Hörer wieder ans Ohr.

»Hallo? Wer spricht da bitte?«

»Mein Name ist Anke Frerichs. Kriminalpolizei Oldenburg. Herr Röver? ... Ich rufe an, weil wir in einem Mordfall ermitteln – und Hinweise eventuell auf eine Verbindung zu Sondengängern hindeuten. Ich hätte daher ein paar fachliche Fragen zum Thema Sondengängerei und Ihrem Verein. Ich hoffe, Sie können mir weiterhelfen.«

»Ich werd's versuchen«, antwortete Johann Röver zögerlich, aber nicht unfreundlich. »Im Übrigen: Wir sind eine lose Interessengemeinschaft, kein Verein.« Anke Frerichs hörte, dass er sich eine Zigarette anzündete.

»Super. Ein paar grundsätzliche Fragen zuerst. Warum wird man Sondengänger?«

»Der ursprüngliche Gedanke wird sicherlich bei fast jedem gewesen sein, wenigstens einmal im Leben einen richtigen Schatz zu finden. So wie in Altenburg vor ein paar Jahren zum Beispiel. Da hat man auf einem mittelalterlichen Friedhof einen wertvollen Silberring mit einem Stein aus Lapislazuli gefunden. Oder der Fund der Himmelsscheibe von Nebra, sowas wäre natürlich ein Sechser im Lotto.«

»Sie wissen aber schon, dass das mit der Himmelscheibe illegal war?«

»Selbstverständlich!« antwortete Röver, vielleicht eine Spur zu rasch. »Wie Sie wahrscheinlich auf unserer Internetseite gelesen haben, fördern wir die Erforschung unserer Heimatgeschichte in Zusammenarbeit mit den Archäologischen Ämtern – und unter Einhaltung des Denkmalschutzes.«

»Schon gut, schon gut. Ich wollte Sie nicht angreifen.«

Er ergriff erneut das Wort: »Ich kann nur für unsere Leute sprechen. Die haben alle eine Grabungserlaubnis und arbeiten eng mit den Behörden zusammen. Ich will aber nicht verhehlen, dass es, wie überall, auch unter den Sondengängern schwarze Schafe gibt, die es darauf abgesehen haben, etwas zu finden und es dann meistbietend zu verkaufen.«

»Herr Röver, was wird in unserer Region überhaupt Interessantes gefunden?«

»Ich würde sagen Münzen«, er blies hörbar den Rauch seiner Zigarette aus, »circa neunzig Prozent sind Reichsmünzen, alte D-Mark und natürlich Euros. Die restlichen zehn bis fünfzehn Prozent sind ältere Kupfermünzen. Ansonsten findet man Knöpfe, Musketenkugeln, Bleiplomben oder Ähnliches.«

»Wie kostenintensiv ist Ihr Hobby?«

»Ich würde sagen, ein halbwegs vernünftiger Detektor kostet zwischen 600 und 1.200 Euro. Es gibt auch schon billigere Modelle für 300 Euro. Aber die taugen meiner Meinung nach nicht wirklich. Nach oben ist die Grenze natürlich offen. Mein Minelab SDC 2300 PRO hat zum Beispiel rund 3.500 Euro gekostet. Es geht aber noch mehr ...«

Mit zunehmender Dauer des Gesprächs zeigte sich Johann Röver offener und auskunftsfreudiger. Eine Zigarette folgte der nächsten, und Anke Frerichs entlockte ihm die eine oder andere interessante Information. Zum Schluss war er sogar bereit, ihr eine Liste mit den Namen der Mitglieder zu schicken – inklusive ihrer Detektoren-Modelle.

Anke Frerichs bedankte sich bei ihm und wollte sich gerade verabschieden, da fiel ihr noch etwas ein. »Eine letzte Frage: Wie sieht es mit Gold aus?«

»Das sagte ich ja bereits. Fast jeder träumt von einem Schatz, aber wirklich bedeutende Funde sind sehr selten.«

»Angenommen, man würde einen Schatz finden. An wen müsste ich mich wenden, wenn ich meine Fundstücke loswerden wollte?«

Rövers Antwort ließ Anke Frerichs' Herz vor Freude einen Sprung machen.

»Und wie war dein Gespräch mit dem Sondengänger?« fragte Enno Melchert, als er von der Toilette zurück ins Büro kam und Anke an ihrem Schreibtisch sitzen sah, nachdenklich an einem Bleistift kauend.

»Superinteressant. Erst war er etwas kühl, taute dann aber recht bald auf.« Sie nahm einen Stapel Notizen vom Schreibtisch und blätterte darin rum. »Hättest du gewusst, dass es auch in Niedersachsen römische Münzen zu finden gibt? Man nimmt an, dass sie zur Bezahlung der Germanen im römischen Militärdienst dienten oder von Händlern mitgebracht wurden. Für die Germanen waren sie jedoch nur als Rohstoff für Schmuck interessant. Römische Münzen hatten übrigens unter anderem die Funktion, Nachrichten ins Reich zu tragen. Sie hatten auf der einen Seite immer das Konterfei des Kaisers, der an der Macht war beziehungsweise das eines Vertrauten. Auf der anderen Seite war oft eine Gottheit oder eine politische Mitteilung eingeprägt.«

»Uuunnglaublich interessant«, Enno gähnte laut und streckte sich demonstrativ. Dabei grinste er.

Sie warf ihren Notizblock nach ihm. Nur mit Mühe konnte er ihn auffangen.

»Idiot«, sagte sie. »Ich wollte auch mal klugscheißen!«

»Dafür bin ich hier zuständig«, entgegnete er. Feixend legte er ihr den Block wieder auf den Schreibtisch.

„Spaß beiseite, jetzt kommt etwas, was wirklich interessant für unsere Ermittlungen sein könnte.« Anke Frerichs fischte eine Zeitung aus dem Mülleimer, warf sie Enno auf den Tisch und tippte mit dem Zeigefinger auf eine Anzeige, die sie in Schwarz und Gelb von der Titelseite anzuspringen schien.

»Das scheint sich ja zu einem riesigen Markt entwickelt zu haben«, sagte Enno Melchert, legte das Wochenblatt HR beiseite und beäugte die Strichliste. »Allein im HR und der letzten Sonntagszeitung finden sich fünfzehn unterschiedlich große Anzeigen von diversen Anbietern. Die Goldmühle aus der Nadorster Straße, der Goldesel aus Kreyenbrück, Gold- und Silberankauf Schulze, Goldene Zeiten aus Osternburg und wie sie alle heißen«, fuhr er fort.

»Kein Wunder, der Gold- und auch der Silberpreis schießen gerade durch die Decke. Wir haben Krise, da flüchten sich viel Anleger in Edelmetalle. Gold und Silber versprechen Sicherheit«, ergänzte Anke Frerichs, während sie sich einen Kaffee mit der Senseo in ihrem Aktenschrank machte. Die kleine Kaffeemaschine rappelte und röhrte wie eine große und spuckte den lauwarmen Kaffee in Ankes Starbucks-Becher, den sie aus den USA mitgebracht hatte und seitdem wie ihren Augapfel hütete. Niemand durfte aus ihm trinken. Ein unvorsichtiger Polizeianwärter hatte das am eigenen Leib erfahren müssen, als er mit dem Becher nichtsahnend in ihr Büro gekommen war. Sie hatte ihn zusammengestaucht, als ob er gerade einen Schwerverbrecher hatte entkommen lassen. Hinter vorgehaltener Hand munkelten die Kollegen, dass er daraufhin eine andere Berufswahl getroffen hatte.

»Aber warum verkaufen dann so viele Leute ihr Gold?«

»Frag mich nicht. Wahrscheinlich weil sie in den Medien hören, dass der Goldpreis momentan extrem hoch ist und die Goldankäufer ihnen das Blaue vom Himmel versprechen. Die Leute glauben doch tatsächlich, dass diese Halunken ihnen einen guten Preis machen. Sehen sie erst mal das Bargeld, schaltet sich das Hirn aus.«

»Und die Ankäufer machen den großen Reibach.«

»Richtig. Hier«, sie deutete auf eine Anzeige auf der Titelseite, »lass mich lügen, aber ich schätze, diese hier kostet bestimmt ein- bis zweitausend Euro.«

»Die ist im letzen Jahr fast auf jeder Titelseite gewesen. Mal so, mal etwas kleiner«, sagte Enno und schüttelte den Kopf.

Anke Frerichs nahm nachdenklich einen Schluck, dann sagte sie: »Da kannst du mal sehen, das dürfte dann einem Jahresbudget von bestimmt 15.000 bis 25.000 Euro an Anzeigen entsprechen – und das nur im HR. Von der Sonntagszeitung, der Nordwest-Zeitung und den sonstigen Anzeigenblättern ganz zu schweigen.«

»Das war mir ehrlich gesagt nie so richtig bewusst. In dem Business ist also richtig Musik drin«, sagte Enno und rieb vielsagend Daumen und Zeigefinger aneinander.

Anke Frerichs nickte, leerte ihren Becher und ließ ihn in der obersten Schublade ihres Schreibtischs verschwinden. Enno Melchert kommentierte diese Angewohnheit mit einer demonstrativ hochgezogenen Augenbraue – wie immer ignorierte sie seinen Tadel.

»Wir sollten uns diese Typen noch mal genauer anschauen. Vielleicht können wir mit ein paar gezielten Fragen etwas Unruhe in die Angelegenheiten der Herren bringen. Ich werde mich gleich morgen mal in Nadorst bei der Goldmühle und ein paar anderen Goldhändlern umschauen und da etwas auf den Busch klopfen. Ich will los. Ich muss mich noch fertig machen und Tanja vom

Yoga abholen. Wir sehen uns dann um acht am Riesenrad.«

Ohne eine Antwort abzuwarten, schnappte sie sich ihre Jacke und ihren Schal und ließ einen etwas irritiert dreinblickenden Enno Melchert zurück.

»Gut, dann werde ich mal die Akten der Kollegen vom FK3 anfordern. Bestimmt wissen die irgendwas über unsere Goldengel zu berichten, vielleicht findet sich ja dort ein Anhaltspunkt, der uns weiterbringt«, sagte er kopfschüttelnd in den leeren Raum hinein, drehte sich zu seinem Computer um und tippte sein Passwort ein. Bis um acht blieb ihm noch etwas Zeit. Er würde direkt vom Büro aus zu den Kollegen auf den Kramermarkt gehen.

Der Bildschirm erwachte sofort zum Leben und zeigte sich dienstbereit. Doch bevor Enno seinen Kollegen und dem Archiv eine E-Mail schrieb, startete er noch eben schnell den Mediaplayer. Kein zwei Sekunden später ertönte die Titelmelodie seiner Lieblingshörspielreihe »Die drei ???«. Zufrieden machte er sich an die Arbeit.

## 21

Fast die gesamte Belegschaft des Oldenburger Polizeipräsidiums hatte sich um Punkt 20 Uhr vor dem Riesenrad auf dem Kramermarkt versammelt. Sogar Torben Kuck war extra aus Wilhelmshaven angereist, wahrscheinlich in der stillen Hoffnung, Irena Barkemeyer hier zu treffen. Er wurde nicht enttäuscht, die junge Rechtsmedizinerin war ebenso mit von der Partie wie ihre Chefin Elena Braun.

Nur Werner Vollmers fehlte wie üblich. Der Hauptkommissar verabscheute Freimärkte wie die Pest, vor allem die riesigen Menschenmengen waren ihm verhasst. Keine zehn Pferde hätten ihn an einem so gut besuchten Tag hierher gebracht. Zum Kramermarkt musste er trotzdem. Seine Frau bestand auf einen Besuch – wenigstens einen. Notgedrungen tat er ihr den Gefallen. Traditionell gingen sie am Montagabend, kurz vor Feierabend, drehten eine schnelle Runde und spulten ihr Programm ab: Zuckerwatte, Eis, eine Bratwurst und eine Schokobanane für Gabriele, ein Fischbrötchen, drei Pferdewürstchen und ein paar gebrannte Mandeln für den Kommissar. Das war's dann aber auch schon. Auftrag ausgeführt, Pflichtbesuch erfüllt – Haussegen gerettet.

Mit einer kleinen Verspätung waren auch Anke Frerichs und Tanja Bremer zu den Wartenden gestoßen. Enno Melchert begrüßte die beiden mit einem dampfenden Glühwein in der Hand. Er umarmte Tanja Bremer und schob ihr dabei grinsend die gestreifte Pudelmütze ins Gesicht.

»Enno, du Pfeife. Lass das!« Die kleine, gerade mal einsachtundfünfzig große Erzieherin schob sich lachend die Mütze aus der Stirn und versuchte ihn zu schubsen. Geschickt wich er aus und zog ihr erneut die Mütze über die Augen.

Ein lauter Pfiff ertönte. Ralf Petershagen, der Kollege von der Sitte, bat um Aufmerksamkeit.

»Liebe Kollegen, liebe Kolleginnen. Ich freue mich, dass ihr heute so zahlreich erschienen seid. Ich hoffe, wir werden viel Spaß haben, und würde sagen, wir machen uns nun auf den Weg. Aber vorher«, er zeigte auf einen großgewachsenen Kollegen mit einem Tablett, auf dem ein ganzes Bataillon mit Kurzen stand, »greift bitte zu. Holger hat da ein Kleinigkeit für uns vorbereitet.« Er hob sein Glas. »Ich sag schon mal Prost!« Er leerte es in einem Zug.

Die restlichen Polizisten griffen ebenfalls beherzt zu, dann setzte sich die Gruppe langsam in Bewegung. Mandy Dittchen wich den ganzen Abend nicht von Ennos Seite. Er genoss ihre Aufmerksamkeit sichtlich, ohne aber den ersten Schritt zu machen oder in irgendeiner Weise mehr zuzulassen.

Die Gruppe kam nur sehr langsam voran. An jedem zweiten Stand blieben sie stehen, weil irgendjemand etwas wollte, ein Bier, einen Hot Dog, oder es mussten Lose gezogen werden. Natürlich traf man an einem solchen Abend auch Unmengen von Bekannten. Ähnlich dem Oldenburger Stadtfest war es ein Sehen und Gesehen werden.

»Moin Herr Müller, auf Betriebsausflug?« grüßte Anke Frerichs einen dunkelhaarigen Mann mit Brille, der einen teuren Anzug trug und ihnen mit zwei jungen blonden Damen und einem weiteren Mann – er mochte etwa Ende vierzig sein – im

Schlepptau entgegen kam. Ein Lächeln glitt über das Gesicht des Mannes, als er die Kommissarin erkannte. Freundlich grüßte er zurück.

»Blut und Samen«, sagte Anke.

Tanja sah sie fragend an.

»Das ist Rechtsanwalt Kim Müller, ein Strafverteidiger aus Ofenerdiek«, erklärte Anke Frerichs. »Der macht uns manchmal das Leben ganz schön schwer, aber eigentlich ist der ganz in Ordnung. Blut und Samen nennen wir seinen Spezialbereich. Wenn ein Strafverteidiger ins Spiel kommt, hat man es in der Regel mit einer der beiden Flüssigkeiten zu tun.«

Tanja verzog angewidert das Gesicht. Anke musste grinsen.

Plötzlich war Enno wieder an ihrer Seite. Noch bevor Anke reagieren konnte, hatte er Tanja Bremer untergehakt und war mit ihr in Richtung Geisterbahn verschwunden. Anke Frerichs schüttelte den Kopf und schnappte sich noch einen Kurzen, als ihr Kollege mit dem Tablett in Reichweite kam.

## 22

Die Nordwest-Zeitung berichtet:

**Erneute Friedhofsschändung. Parkfriedhof verwüstet. Täter auf Schatzsuche?**

Diesmal hat es den Parkfriedhof in Kreyenbrück, Bümmerstede getroffen. Die Vandalen hatten es besonders auf die Urnengräber abgesehen. Die Asche von mindestens fünfzig Urnen wurde weitläufig verstreut. Die Untersuchungen haben ergeben, dass die Täter hier, im Gegensatz zu den anderen Schändungen, systematisch und gezielt vorgegangen sind. Der Verdacht liegt nahe, dass etwas gesucht und möglicherweise auch gefunden wurde. Personen kamen nicht zu Schaden.

**Noch immer keine heiße Spur im Mordfall Heino Brandhorst**

Laut gut informierten Kreisen hat die Polizei noch immer nichts Konkretes im Mordfall des kürzlich auf dem St. Gertrudenkirchhof erschlagenen Friedhofgärtners Heino Brandhorst vorzuweisen. Die Spur in Richtung Satanisten und Schwarze Szene scheint sich in Luft aufgelöst zu haben. Auszuschließen ist wohl ebenfalls eine rechtsradikal motivierte Tat. Worauf sich die aktuellen Ermittlungen konzentrieren, wurde nicht preisgegeben.

Bekannt geworden ist, dass die Polizei in Zusammenarbeit mit der Rechtsmedizin ein grobes Täterprofil erarbeitet hat. Demnach ist der Täter höchstwahrscheinlich männlich, sehr groß und ausgesprochen kräftig. Nähere Erkenntnisse sind leider bisher nicht zu verzeichnen.

Nach unbestätigten Meldungen könnten jetzt auch Rohstoffdiebe in den Fokus der Ermittlungen geraten – diese sind als mögliche Tätergruppe nicht auszuschließen. Die sogenannten Buntmetalldiebe sind seit Jahren ein Problem. Ermittler und Betroffene sprechen von einer »regelrechten Plage«. So wurden in der letzten Nacht von einem Rohbau in der Harmoniestraße eine bereits installierte Kupfersteigleitung und ein abgelegter Wasserspeicher entwendet. Das Diebesgut hat einen Wert von circa 750 Euro. Konkrete Anhaltspunkte oder Verdachtsmomente liegen hier aber bisher nicht vor.

## 23

Am nächsten Morgen gegen elf Uhr betrat eine leicht verkaterte Anke Frerichs den kleinen Laden an der Nadorster Straße, gerade als eine gut neunzigjährige Frau den Laden verließ. Sie zog einen Einkaufstrolley hinter sich her. Die Kommissarin hielt ihr die Tür auf. Verschämt eilte sie, ein leises »Danke« murmelnd, an Anke vorbei auf die Straße und verschwand in Richtung Brockshus, wo Vollmers immer seinen Kuchen kaufte.

»Guten Tag, Herr Mikati«, grüßte sie den dunkelhäutigen Mann Mitte zwanzig, der hinter dem Schreibtisch, den Blick auf die Eingangstür gerichtet, saß und sie mit einem anzüglichen Lächeln musterte, während er ein altes Silberbesteck in einem Beutel verstaute. Er nickte wortlos und verzog ansonsten keine Miene, dann wischte er einen goldenen Ring, zwei oder drei ineinander verschlungene Ketten, zwei kleine Goldbrocken und einen Brosche von einer Waage, die links auf dem ansonsten leeren Schreibtisch stand, herunter, steckte sie ebenfalls in einen Beutel und deponierte diesen in einem Schrank.

Anke Frerichs konnte einen Blick ins Innere werfen, bevor er die Tür schloss: Die Regalböden waren voller Beutel. Daneben lagen einige ordentlich nach Wert gestapelte Banknotenbündel, mit Sicherheit befand sich in der Schublade ein fünfstelliger Betrag, wenn nicht sogar ein sechsstelliger. Hier zahlte man bar, direkt auf die Hand. Gold und Silber gegen Euros. Unkompliziert und ohne viele Fragen zu stellen.

Sie trat einen Schritt heran. Hinten in der Ecke, ungefähr auf halber Höhe des Schreibtischs, erkannte sie den kleinen Schwarzweißmonitor einer Videoüberwachung. Das unscharfe Bild zeigte den Eingangsbereich und den Bürgersteig vor dem Laden, dessen Schaufenster mit undurchsichtiger Werbefolie beklebt war.

»Ein einträgliches Geschäft haben Sie da«, sagte Anke Frerichs.

»Was kann ich für Sie tun?« fragte er in fast akzentfreiem Deutsch, ohne auf ihre Bemerkung einzugehen.

Anke Frerichs zog ihren Dienstausweis hervor. Unbeeindruckt schaute er sich ihn an.

»Hübsches Bild, aber schon ein paar Tage her, oder?« Er lehnte sich mit verschränkten Armen im Stuhl zurück.

Diesmal ignorierte sie seinen Kommentar und wechselte die Strategie: »Also, Herr Mikati, ich würde Ihnen gern ein paar allgemeine Fragen stellen. Es wäre schön, wenn wir jetzt mit dem Getue aufhören, dann haben wir beide es schneller hinter uns und können in unsere wohlverdiente Mittagspause starten. Was meinen Sie, kriegen wir das hin, oder muss ich jetzt mit Steuerfahndung und dem ganzen Kram drohen? Wir wissen doch beide, wie das dann läuft: Sie sagen, dass die ruhig kommen können, und ich frage, ob Sie das wirklich wollen. Es ist Ihnen egal, ich fange an zu telefonieren, und Sie überlegen es sich doch anders, und ich stelle dann meine Fragen und gehe in ein oder zwei Stunden«, schloss sie und setzte ein gelangweiltes Gesicht auf. «Na, was meinen Sie?«

Er schien einen Moment nachzudenken. Dann lehnte er sich nach vorne, stützte die Ellenbogen auf den Tisch und sagte: »Überredet. Fragen Sie, aber machen Sie schnell. Wie Sie sehen, habe ich viel zu tun.«

Anke Frerichs blickte sich in dem schlicht möblierten Zimmer um. In der Ecke standen lediglich zwei einfache Metallstühle und ein kleiner runder Couchtisch, auf dem ein paar Zeitschriften lagen.

Die Kommissarin quittierte seine Aussage mit einer verächtlich hochgezogenen Augenbraue.

Nach gut zehn Minuten hatte Anke Frerichs alles erfahren, was sie wissen musste. Schon vorher war sie von dem selbstzufrieden wirkenden Mann abgestoßen worden. Jetzt verachtete sie ihn regelrecht. Leute wie er, das stand für sie fest, machten ihr Geschäft, indem sie sich ohne Skrupel an dem Elend anderer bereicherten.

»Ich an Ihrer Stelle würde lieber meine Finger von der Geschichte lassen.« Mikati spielte lässig mit einer goldenen Gebetskette und grinste frech. »In diesem Geschäft wird mit harten Bandagen gekämpft. Besonders die Russen verstehen keinen Spaß.«

»Lassen Sie das mal unsere Sorge sein.«

Mikati zuckte mit den Schultern. »Ich meine ja nur. Ein guter Tipp meinerseits. Da wird hart durchgegriffen. Plötzlich fehlt an Ihrem Auto ein Außenspiegel, eine Wohnung wird in Schutt und Asche gelegt, oder jemand, der zu großes Interesse zeigt, bekommt plötzlich Besuch von ein paar sehr großen und starken Jungs – oder jemand fällt zufällig eine Treppe herunter ...«

Anke Frerichs gähnte demonstrativ. »Haben Sie noch irgendwas Gehaltvolles für mich, oder muss ich mir noch länger dieses Blabla anhören?«

Mikati schoss das Blut ins Gesicht. Er schien kurz davor, zu explodieren. Dann hatte er sich wieder im Griff. »Also gut, wenn Sie sich unbedingt die Finger verbrennen wollen, dann fühlen Sie doch mal Andrej Sorokin in Kreyenbrück auf den Zahn. Aber der Tipp kommt nicht von mir, dass wir uns richtig verstehen.«

Anke Frerichs hatte kaum die Tür hinter sich geschlossen, da hatte der Goldhändler auch schon der Hörer in der Hand und wählte eine Oldenburger Nummer. Es klingelte nur zweimal, bis jemand ranging.

## 24

Nach einem ergebnislosen Besuch beim Goldesel – sie stand vor verschlossener Tür, das kleine Büro wirkte verlassen – machte sich Anke Frerichs auf den Weg zum Parkfriedhof. Sie wollte sich dort einen Überblick über die neuen Schändungen verschaffen und sich im Krematorium umschauen. Die Andeutungen von Herbert Moor hatten sie neugierig gemacht. Dem Goldhändler würde sie später erneut einen Besuch abstatten, vielleicht war er ja dann vor Ort.

Das Oldenburger Krematorium lag direkt neben dem Friedhof, schräg gegenüber von einem Ford- & Jaguar-Händler. Im Jahre 2007/2008 wurde die Feuerbestattungsanlage um eine zusätzliche Einäscherungslinie erweitert. Die Baumaßnahme war nicht unumstritten gewesen, wurde aber schließlich in Auftrag geben und dann von einer Firma aus Achim umgesetzt. Mittlerweile betreuten insgesamt zehn Mitarbeiter die circa 26 Hektar großen Friedhofsflächen und die umliegende Anlage.

Als Anke Frerichs gerade das Krematorium betreten wollte, durchfuhr sie ein unangenehmer Schauer. Eine Mischung aus Angst, Unwohlsein und dem Gefühl, beobachtet zu werden, ließ sie frösteln. Die Hand am Türgriff, blickte sie sich um.

Auf dem Parkplatz war nichts Ungewöhnliches zu bemerken. Ihr Blick wanderte über die Autos. Neben ihrem Smart standen zwei weitere Kleinwagen, ein grauer Transporter und ein schwarzer 7er BMW. Ein kleiner Aufkleber in der Form eines

Nuggets zierte sein Heck. Aus der Ferne hatte es Anke Frerichs fast für einen der unzähligen Sylt-Aufkleber gehalten, die fast schon an jedem zweiten Wagen klebten.

Etwas weiter hinten, rückwärts zum Gebäude geparkt, stand ein Leichenwagen der Firma Borchers. Die Heckklappe stand weit offen, doch auch hier war niemand zu sehen.

Hier ist nichts, du bist nur etwas nervös, weil du gleich in eine Einäscherungsanstalt gehst, schalt Anke sich in Gedanken und versuchte, das unangenehme Gefühl in der Magengegend loszuwerden. Als sie sich gerade umdrehen wollte, um das Krematorium zu betreten, wurde ihr plötzlich die Tür aus der Hand gerissen, ein offenkundig sehr aufgebrachter Mann von bestimmt 1,90 Meter Größe in einem schwarzen Anzug hätte sie fast über den Haufen gerannt. Auf den ersten Blick hätte man ihn für einen Bestatter halten können. Kurz trafen sich ihr Blicke. Dann schob sich unvermittelt eine Sonnenbrille mit tiefschwarzen Gläsern vor seine kalten, eisblauen Augen. Ohne auch nur ein Wort zu verlieren, verschwand der Mann auf den Hof und lief hinüber zum BMW. Sie blickte ihm irritiert hinterher – bis sie hinter sich ein Geräusch und eine weitere Bewegung wahrnahm und sich umwandte.

Ein Mann, ebenfalls mit einem schwarzen Anzug bekleidet, und eine Frau in einem anthrazitfarbenen Kostüm und roten Schuhen standen vor ihr in der Empfangshalle des Krematoriums.

»Können wir Ihnen vielleicht irgendwie behilflich sein?« fragte der Mann und sah die Kommissarin freundlich, aber distanziert an.

Anke Frerichs sammelte sich und trat durch die Tür, die leise hinter ihr ins Schloss fiel. »Mein Name ist Anke Frerichs von der Kriminalpolizei Oldenburg.« Sie holte ihren Aufweis aus einer Innentasche ihrer Jacke.

Der Mann musterte ihn eindringlich mit fragendem Gesichtsausdruck. »Mein Name ist Bernhard Liek, ich bin der Leiter dieser Einrichtung, und diese junge Dame«, er deutete auf die Frau an seiner Seite, »ist Svetlana Volkova, meine Assistentin und rechte Hand. Was führt Sie zu uns, wenn ich fragen darf?«

»Ich ermittle in dem Fall des ermordeten Friedhofsgärtners Heino Brandhorst. Sie haben vielleicht etwas darüber in der Zeitung gelesen?«

Liek nickte. »Schrecklich. Ein tragischer Verlust. Herr Brandhorst war ein sehr netter und zuvorkommender Kollege. Wir werden ihn sehr vermissen. Er wird in Kürze bei uns eintreffen. Sobald die Rechtsmedizin den Leichnam freigibt, werden wir Herrn Brandhorst hier auf seinem letzten Weg begleiten.«

Anke Frerichs durchfuhr erneut ein Schauer. Sie hatte in ihrer Dienstzeit schon einiges erlebt, aber dieser abgeklärte, sachliche Umgang mit dem Tod war für sie nicht nachvollziehbar.

»Können Sie mir bitte ein bisschen was über Ihre Anlage und das Thema Feuerbestattungen erzählen?«

»Der Trend, sich nach dem Tod einäschern zu lassen, ist bundesweit zu beobachten. Die Gründe hierfür sind vielschichtig.« Liek faltete die Hände, dann fuhr er fort: »Die Feuerbestattung an sich hat wirklich viele Vorteile, vor allem aber ermöglicht sie eine Beisetzung ohne große Folgekosten. Der Anteil steigt seit Jahren kontinuierlich an, was für uns natürlich sehr von Vorteil ist, etwa 45 Prozent der Verstorbenen werden inzwischen verbrannt.«

Seine Kollegin, die sich bisher im Hintergrund gehalten hatte, trat ein Stück vor und mischte sich ein. Anke Frerichs musterte die großgewachsene, recht kräftige, elegante Frau. Sie musste etwa Mitte bis Ende dreißig sein und trug ihr hellbraunes, glattes Haar zu einem strengen Zopf zusammengebunden. Als sie sprach, war ein osteuropäischer Akzent nicht zu überhören: »Unsere Anlage ist sogar mit der RAL-Gütezeichen von der Gütegemeinschaft Feuerbestattungsanlagen zertifiziert. Für diese Auszeichnung sind höchste Anforderungen zu erfüllen. Wir leisten positiven Beitrag zu einem würdevollen Abschied«, schloss sie und zeigte dabei ein professionelles, sehr kontrolliertes Lächeln.

»Meine Kollegin, Frau Volkova, hat recht. Wir verstehen uns als Serviceunternehmen für Verstorbene und Angehörige. Wir nehmen den Hinterbliebenen alles ab, damit sie in Gedanken ganz bei ihren Verstorbenen sein können. Die Verstorbenen werden hier an allen Tagen rund um die Uhr aufgenommen; die Kremierung erfolgt dann innerhalb kürzester Zeit. Bei einer Temperatur von etwa 850 Grad wird der Leichnam mitsamt Sarg dem Feuer übergeben. Wir führen hier täglich neun bis zehn Einäscherungen durch, außer samstags und sonntags, selbstverständlich. Ein Highlight unseres Hauses: Bei uns kann man sogar bei der Einäscherung anwesend sein – und in den eigenen Andachtshallen können Trauerfeiern abgehalten werden.«

Fehlt nur noch, dass er gleich ein Prospekt mit einem Gutschein rausholt, dachte Anke Frerichs, während Bernhard Liek seinen Werbevortrag unbeeindruckt weiterführte. »Unsere hellen und freundlich eingerichteten Räume können selbstverständlich individuell hergerichtet und dekoriert werden – ganz der Persönlichkeit des Verstorbenen entsprechend.«

Die Kommissarin traute ihren Augen nicht, als der Krematoriumsbetreiber tatsächlich in sein Sakko griff, wie aus dem Nichts einen kleinen Flyer hervorzauberte und ihn ihr überreichte. »Selbstverständlich führen wir Sie gerne einmal unverbindlich herum.« Er lächelte.

Anke Frerichs musste schlucken und wechselte das Thema. »Wer war eigentlich der Herr, mit dem ich da eben fast zusammengestoßen bin? Er sah verärgert aus.« Anke Frerichs registrierte, dass Svetlana Volkova fast unmerklich zusammenzuckte.

»Ein Kunde ... äh ... ein unzufriedener Kunde ...«, stotterte Liek, offensichtlich überrascht von der Frage.

Seine Assistentin ergriff das Wort: »Leider kam es zu einem bedauerlichen Zwischenfall. Wir haben eine Angehörige eingeäschert. Die Urne mit der Asche sollte dann zur Beisetzung in ein Dorf im Emsland geschickt werden, unglücklicherweise ist beim Versand etwas schiefgegangen, und die

Urne war nicht pünktlich da. Sehr bedauerlich, aber leider nicht zu ändern. In unseren AGB wird ausdrücklich darauf hingewiesen, außerdem steht im Niedersächsischen Gesetz über das Leichen-, Bestattungs- und Friedhofswesen, genauer gesagt im Paragraf 12, Absatz 3, dass Urnen versendet werden dürfen. Uns trifft also keine Schuld.«

Anke Frerichs konnte es nicht fassen. Allein den Gedanken, dass eine Urne mit der Post verschickt werden darf, fand sie unglaublich. Und dann noch die armen Hinterbliebenen, die in tiefer Trauer am Grab Abschied nehmen wollen, und die Urne fehlt. Das war doch einfach nur gruselig. Sie wandte sich wieder den beiden zu.

»Mal eine ganz andere Frage: Was passiert eigentlich mit dem Zahngold von Verstorbenen nach der Einäscherung? Ich habe gelesen, dass in Osnabrück jährlich durchschnittlich rund 76.000 Euro in den Gebührenhaushalt fließen, also der Ertrag, wenn man in denn so nennen kann, ins Staatssäckel wandert.«

»In Oldenburg und Braunschweig ist das anders. Bei uns verbleibt das Zahngold beim Verstorbenen«, erklärte Liek. »Wieso fragen Sie?«

»Reines Interesse. Das heißt, es bleibt in der Urne und wird mit bestattet?«

»Ja, hier in Oldenburg ist das der Fall.« Liek sah die Kommissarin irritiert an.

Anke Frerichs verabschiedete sich. »Ich danke Ihnen erst mal. Sie haben mir weitergeholfen. Wenn es recht ist, werde ich mich nun noch etwas auf dem Friedhof umsehen. Ich möchte mir das Urnenfeld noch einmal genauer anschauen.

Sollte ich noch etwas benötigen, werde ich mich melden.«

Draußen vor dem Krematorium zückte Anke Frerichs ihr Handy und rief Enno Melchert an, doch der Empfang hier war miserabel. Beiläufig fiel ihr Blick auf einen nagelneuen silbernen Porsche Boxster mit dem Kennzeichen OL-SV 585, den sie zuvor übersehen hatte.

Nach nur zweimal Läuten nahm er ab.

»Hallo, ich bin's. Ich bin hier beim Krematorium fertig. Echt gruselig das Ganze hier, das kann ich dir sagen.« Sie gab ihm einen kurzen Überblick über ihr Gespräch. »Könntest du in diesem Zusammenhang mal bitte eine Umfeldanalyse veranlassen? Was? ... Ja, es geht vorrangig um den Betreiber des Krematoriums Bernhard Liek und seine Assistentin Svetlana Volkova. Irgendwie ein merkwürdiges Pärchen. Ist nur so eine Ahnung. Kannst ja mal gucken, was ihr rausbekommt.«

»Okay, wird gemacht, Frau Kommissarin«, frotzelte er.

Anke Frerichs ignorierte das, sie war ganz in Gedanken, dabei ließ sie ihren Blick erneut über den Hof gleiten.

»Ach, und noch was. Schau doch mal, ob du im Internet irgendwas über eine Beerdigung im Emsland findest, bei der die Urne zur Beisetzung fehlte. Über sowas hätte doch bestimmt irgendwas in der Zeitung gestanden.«

Knacken in der Leitung, unterbrochen von einer abgehackten Antwort: »Ja ... ich ... se ... mal was ... inde ... an.«

»Ich bin jetzt noch etwas auf dem Friedhof und fahre danach beim Goldesel vorbei. Der war vorhin nicht da.«

Erneut nur abgehacktes Gemurmel.

»Was? Enno?« Keine Antwort. Sie legte auf und ging hinüber zum gusseisernen Eingangstor vom Parkfriedhof.

Hinter einem auf Kipp stehenden Fenster zog sich ein Schatten vorsichtig zurück. Es war anzunehmen, dass derjenige jedes Wort ihres Telefonats mitbekommen hatte.

## 25

*Das Holz knackte unter ihren Füßen, als sie durch das Unterholz rannten. Sie waren zu laut, aber diesmal war es den beiden egal. Panik. Sie mussten erst mal weg von hier. So schnell wie möglich. Doch schon nach kurzer Zeit waren sie völlig orientierungslos. Immer wieder schaute sich Thomas nach ihrem Verfolger um, aber in der Dunkelheit konnte er nichts erkennen.*

*»Warte, Olli!« rief er seinem Freund hinterher, der mit einigem Abstand voranweglief und sich mit rudernden Armen die Äste der Bäume und Büsche aus dem Gesicht schlug. Die Strahlen ihrer Kopflampen zuckten wild hin und her. Schon von weitem sah und hörte man sie. Es würde ein Leichtes sein, die beiden zu verfolgen.*

*»Warte doch! Wir müssen die Lampen ausmachen und zusammen bleiben.«*

*Er hatte Angst, dass sie sich in der Panik verloren und dann jeder auf sich allein gestellt sein würde. Das wäre nicht gut, überhaupt nicht gut! Sie mussten unbedingt wieder zur Ruhe kommen und durchatmen, aber das Wichtigste war, dass sie zusammen blieben.*

*Nach endlosen Minuten ging Oliver plötzlich die Luft aus, und er wurde langsamer, bis er schließlich stehen blieb, sich nach vorne beugte und, sich auf seinen Knien abstützend, heftig durchatmete.*

*»Dieses Arschloch!« hustete er. »Dieses verdammte Arschloch hat auf mich geschossen!« Er setzte sich erschöpft auf den Boden und nahm*

seinen Rucksack ab. Es steckten tatsächlich zwei kurze Armbrustbolzen darin. Beim ersten hatte er den Aufprall gespürt, aber wann wurde er das zweite Mal getroffen? Es musste bei der Flucht gewesen sein. Der blöde Rucksack hatte sein Leben gerettet. Das konnte doch alles nicht wahr sein!

Sein Atem ging immer noch heftig. Müdigkeit breitete sich in ihm aus. Er musste etwas trinken. Als er seinen Rucksack öffnete, um eine Wasserflasche herauszuholen, legte sich plötzlich eine Hand auf seine Schulter. Er erschrak, wirbelte herum und versuchte gleichzeitig nach dem Angreifer zu treten. Er wurde von einem hellen Licht geblendet.

»Hau ab! Hau ab!« schrie er voller Panik, rollte sich zur Seite und sprang auf die Füße, um sich besser verteidigen zu können. Da erkannte er seinen Freund. Thomas stand mit ausgebreiteten Armen da und versuchte ihn zu beruhigen. »Hey Olli! Ich bin's nur. Ganz ruhig!«

»Scheiße, Mann! Thomas!« schrie er seinen Freund an. Gleichzeitig war er erleichtert, dass es nicht der Irre mit der Armbrust war.

»Ich hätte mir fast in die Hose gemacht.« Oliver fuhr sich mit einer zitternden Hand durchs Gesicht und setzte sich wieder hin. Dann holte die Wasserflasche raus und nahm einen großen Schluck.

»Wir müssen die Kopflampen ausmachen, wir sind mit den Dingern schon von weitem sichtbar«, flüsterte Thomas.

*»Spinnst du?!«* antwortete Oliver und tippte dabei mit dem Zeigefinger an die Stirn, *»dann sitzen wir hier ja völlig im Dunkeln.«*

*»Willst du lieber erschossen werden? Lass uns die Lampen erst mal ausmachen, und dann überlegen wir weiter«*, versuchte Thomas seinen Freund zu überreden.

*»Zweimal hat der auf mich geschossen! Zweimal! Hier schau dir das an!«* Oliver hob seinen Rucksack hoch und zeigte auf die beiden Bolzen, die immer noch darin steckten. *»Hätte ich den verdammten Rucksack nicht getragen, dann würden diese verdammten Pfeile in meinem verdammten Rücken stecken.«*

*»Pssst!«* machte Thomas mit dem Finger vor dem Mund. *»Nicht so laut! Gib mir mal dein Handy. Ich finde meins nicht. Ich muss es wohl beim Rennen verloren haben.«*

*Oliver wühlte in seinem Rucksack und suchte nach seinem Smartphone.*

*»Verdammt.«*

*Er schaute Thomas an und griff dann mit der Hand in den Rucksack. Mit der anderen umfasste er den Pfeil und zog daran. Nach ein wenig Ruckeln hatte er ihn gelöst und warf ihn auf den Boden. Danach zog er langsam sein Handy aus dem Rucksack. Man konnte ein großes Loch erkennen. Er hielt das Gerät hoch und konnte das enttäuschte Gesicht seines Freundes durch das Loch sehen.*

*»Dieses verdammte Arschloch hat mein Handy kaputt gemacht!«*

*»Wie soll ich jetzt meine Kollegen rufen? Wir müssen zusehen, dass wir aus dem Wald kommen und ein Telefon finden.«*

*»Ich habe keine Ahnung, wo wir hier sind.«* Oliver versuchte sich zu orientieren. *»Wir können quasi in jede Richtung gehen, irgendwann muss der Wald ja sein Ende haben. So weit ab können wir doch gar nicht sein, oder?«*

*Sie dachten nach. Doch eins hatten sie darüber ganz vergessen: Sie hatten ihre Lampen immer noch an.*

*Er war hinter eine alte Eiche in Deckung gegangen und beobachtete die beiden. Beute. Es war einfach zu leicht. Eine Herausforderung waren die zwei bisher nun wirklich nicht gewesen. Deswegen würde er es auch noch nicht hier und jetzt beenden. Zumindest: Sie hatten sich gewehrt. Er jagte. Das gefiel ihm. Einfach nur zielen und schießen wäre zu einfach gewesen. Zudem hatte er für die beiden noch ein paar nette Überraschungen in der Hinterhand. Er wollte mit ihnen noch ein bisschen Spaß haben, bis danach endlich wieder Ruhe im Wald herrschte – in seinem Wald …*

Ein penetrantes Klingeln an der Haustür riss Tanja Bremer abrupt in die Wirklichkeit zurück. Sie legte den neuen Roman »Nightcache« von Timo Neuhaus zur Seite, schlüpfte in ihre Hausschuhe und ging zur Tür. Sie erwartete eigentlich keinen Besuch. Im Flur angekommen, konnte sie durch die Milchglasscheibe zwei schemenhafte Gestalten im Treppenhaus erkennen. Sie wunderte sich.

»Wer ist da?«

Etwas raschelte hinter der Tür.

»Paketdienst.«

Erleichtert öffnete sie. Kaum, dass sie die Klinke betätigt hatte, knallte ihr die Tür plötzlich mit voller Wucht ist Gesicht. Zwei schwarzgekleidete Schatten drängten durch die Tür und schoben sie in das Innere der Wohnung zurück.

Sie versuchte abwehrend die Hände nach oben zu reißen, doch da hatte man ihr bereits einen Sack über den Kopf gezogen. Ein weiterer brutaler Schlag ließ sie zusammensinken. Was passiert hier mit mir? schoss ihr noch durch den Kopf, dann verlor sie das Bewusstsein.

Als Anke Frerichs eine Stunde später zu Hause eintraf, fand sie die Haustür offen und die Wohnung verlassen vor. Im Flur herrschte ein heilloses Durcheinander, Jacken und Mäntel waren von der Garderobe gerissen worden. Das kleine Schuhregal war umgestürzt. Überall lagen Turnschuhe, Sneaker und Hauspantoffel herum. Der leere Spiegelrahmen blickte sie aus seinem toten Auge an. Seine Scherben mischten sich unter das Chaos.

Anke Frerichs irrte durch die Wohnung, Tränen stiegen ihr in die Augen. Aus Erfahrung konnte sie sich vorstellen, was hier vorgefallen war. Das Chaos sagte alles. Vom Wohnzimmer trat sie in die Küche. Durch einen trüben Schleier konnte sie etwas auf dem Esstisch erkennen: ein verknitterter Zettel von einem Abreißblock. Sie ahnte, was dort stehen würde – und sollte recht behalten:

»Lass der Finger von die Sache, sonst deiner Freundin wirt brenne!«

»Anke, hör mir zu: Du weißt, was jetzt kommen muss.«

Die beiden Kommissare saßen auf dem braunen Ledersofa im Wohnzimmer. Über ihnen hing ein Acrylgemälde von Tanja Bremer. Aus dem Flur und der Küche drangen gedämpfte Laute der Spurensicherung zu ihnen herüber. Enno Melchert war bei ihnen und suchte zusammen mit dem Team nach brauchbaren Spuren und Hinweisen auf den oder die Täter. Auch Torben Kuck war vor Ort. Als er gehört hatte, um wen und was es ging, war er sofort ins Auto gesprungen und von Wilhelmshaven nach Oldenburg geeilt.

Die Kommissarin sah ihren Kollegen aus weit aufgerissenen Augen an. »Du kannst mich doch jetzt nicht ...«

Vollmers unterbrach sie. »Du bist einfach zu nah dran. Du bist selber betroffen. Du weißt, ich kann gar nicht anders. Ich muss dich von dem Fall abziehen.«

Anke Frerichs schüttelte schweigend den Kopf. Sie starrte ihren Kollegen an. In ihrem Blick schwang unverhohlene Wut mit.

Vollmers konnte ihm kaum standhalten. Um ihm zu entgehen, wanderte sein eigener Blick durch den Raum, heftete sich an die große bogenförmige Stehlampe und wanderte weiter zu den vollen Bücherregalen. Er konnte sich lebhaft vorstellen, was jetzt in ihr vorging. Auch er hatte in seiner Karriere bereits in einer ähnlichen Situation gesteckt. Vor vielen Jahren, er war noch relativ frisch dabei gewesen, hatte man seine Schwester entführt, um ihn unter Druck zu setzen. Das war damals nicht gut ausgegangen. Sie hatten sie zwar befreien können, aber sie saß seitdem im Rollstuhl. Sie hatte ihm nie verziehen. In den letzten dreißig Jahren hatten sie kein Wort mehr miteinander gesprochen. Vor einem Jahr hatte sie sich dann mit Schlaftabletten das Leben genommen. Vollmers war damals zum Fundort der Leiche gerufen worden. Da sie so lange keinen Kontakt hatten, hatte er erst erfahren, um wen es sich handelte, als er vor der Leiche stand und seine Schwester erkannte. Damals war etwas in ihm zerbrochen, was bis heute nicht wieder geheilt war. Darum hoffte er, dass es diesmal besser enden würde.

Es klopfte. Eine dunkelhaarige Frau, etwa Mitte vierzig, stand im Türrahmen, ihr offener, herzlicher Blick suchte Anke Frerichs.

Jana Lewandowski war die zuständige Polizeipsychologin für den Raum Oldenburg. Anke Frerichs und sie kannten sich noch von der Polizeischule und einigen gemeinsam absolvierten Weiterbildungen.

Anke sprang auf und umarmte sie. Sofort schossen ihr wieder Tränen in die Augen. Über Ankes Schulter hinweg gab Jana Lewandowski Vollmers einen Wink, der daraufhin niedergeschlagen, aber auch etwas erleichtert den Raum verließ und sich den Kollegen von der Spurensicherung anschloss.

## 26

Die Nordwest-Zeitung berichtet:

***Zweiter Angriff auf Oldenburger Polizisten – Lebensgefährtin von Oldenburger Kommissarin entführt***

*Nach noch unbestätigten Meldungen haben unbekannte Täter in der Nacht von Mittwoch auf Donnerstag die Lebensgefährtin einer Oldenburger Polizistin aus ihrer gemeinsamen Wohnung entführt. Laut den bisherigen Ermittlungen drangen die Täter am späten Abend in die Wohnung ein. Nachbarn wollen zu dieser Zeit einen kurzen Tumult vernommen haben. Den Spuren am Tatort nach zu urteilen, muss ein Kampf stattgefundenen haben. Etwa zehn Minuten danach flüchtete ein dunkelgrauer Kastenwagen. Leider konnten die Zeugen in der Dunkelheit das Kennzeichen nicht erkennen.*

*Die Kommissarin Anke Frerichs wurde vom Dienst suspendiert und befindet sich in psychologischer Betreuung.*

**Ein Kommentar von Chefredakteur Herbert Eggers:**

*Hilflos und untätig musste Anke Frerichs, vielgelobte und erfahrene Polizistin, zusehen, wie skrupellose Verbrecher ungestraft in ihre private Welt eindringen und sich nach Belieben ›bedienen‹ konnten.*

*Wie sollen sich die Oldenburger Bürger in Sicherheit fühlen, wenn sich unsere Ordnungshüter nicht einmal selbst, geschweige denn ihre Angehörigen schützen können? Was sind das für Zeiten? Bleibt zu hoffen, dass ihre Kollegen nun bald Ergebnisse vorzuweisen haben und die Lebensgefährtin von Anke F. unbeschadet befreit werden kann. Sollte das nicht gelingen, bliebe abzuwarten, wie es um die Karriere der Kommissarin, die als Nachfolgerin von Kommissar Werner Vollmers gehandelt wird, bestellt sein wird.*

## 27

Ziellos streunte Anke Frerichs kreuz und quer durch das nächtliche Oldenburg. Sie hatte es in der gemeinsamen Wohnung einfach nicht mehr ausgehalten. Zwei volle Tage war es nun schon her, seit Tanja Bremer entführt worden war. Die Ermittlungen liefen auf Hochtouren, und doch blieben sie bisher ohne greifbares Ergebnis. Von Tanja Bremer fehlte jede Spur, und die Kommissarin musste zur Untätigkeit verdammt abwarten. Wertvolle Zeit verstrich. Mit jeder Stunde, mit jedem Tag sank die Chance, ihre Freundin lebend wiederzusehen. Ihre Nerven lagen blank. So hilflos und klein hatte sie sich in ihrem ganzen Leben nicht gefühlt.

Jana Lewandowski tat zwar ihr Bestes, doch auch sie war nach über 48 Stunden des Wartens mit ihrem Latein am Ende. Alles war gesagt, jedes tröstende Wort verbraucht, die letzte Träne geweint und vertrocknet.

Am schlimmsten aber waren die Albträume. Wenn Anke endlich in einen unruhigen Schlaf gefallen war, wurde sie von schrecklichen Visionen heimgesucht: Tanja, die mit eingeschlagenem Schädel, einer Untoten gleich und mit anklagend erhobenen Armen auf sie zugeschritten kam, Tanja, auf einem Altar liegend, umgeben von Gestalten in dunklen Kutten, mit Kerzenleuchtern in den Händen, die irgendein blutiges Ritual abhielten und sie dabei zu Tode quälten. Tanjas Hand, die aus einem Sarg hervorragte und ihr zuwinkte.

Als Jana Lewandowski an diesem Abend müde und niedergeschlagen in die Küche geschlichen war, um für Anke einen Kaffee zu kochen, hatte die sich ihre Jacke übergeworfen und war leise aus der Haustür geschlüpft. Sie wollte alleine sein, brauchte frische Luft, versuchte ihre Gedanken zu ordnen. Unabhängig von einander hielten Enno Melchert und Werner Vollmers sie über den aktuellen Stand der Ermittlungen auf dem Laufenden. Nüchtern betrachtet, konnte sie Vollmers' Entscheidung, sie von dem Fall abzuziehen sehr gut nachvollziehen. Vorschrift war Vorschrift. Er konnte gar nicht anders. Emotional betrachtet sah die Sache natürlich ganz anders aus. Doch was half's. Tanja blieb verschwunden, und ihr waren weitgehend die Hände gebunden.

Natürlich konnte sie nicht einfach abschalten, natürlich kreisten ihre Gedanken immerzu um den Fall und den Verbleib ihrer Freundin. Immer und immer wieder fragte sie sich, wem sie wohl bei ihren Ermittlungen so auf die Füße getreten waren, dass er so reagierte, und was es wert war, nicht nur zu drohen, wie in Ennos Fall mit dem Huhn, sondern so weit zu gehen, einen Menschen aus der eigenen Wohnung zu entführen.

Fest stand, und das belegte auch die hinterlassene Botschaft, die Entführung hatte mit ihrem aktuellen Fall zu tun. Außerdem hatte es bisher weder eine Lösegeldforderung gegeben, noch hatten sie sich die Täter gemeldet und irgendeine andere Forderung gestellt. Für die Kommissarin war klar: Diese Schweine behielten Tanja als Faustpfand. Doch wie hing das Ganze zusammen? Anke Frerichs zerbrach sich den Kopf.

Am vorigen Tag, als Jana Lewandowski kurz bei sich zu Hause war, um sich neue Klamotten zu holen, hatte sie sich in ihren Wagen gesetzt und war zunächst ziellos umhergefahren. Dann hatte sie, einer inneren Stimme folgend, ihren Smart in Richtung Kreyenbrück gelenkt. Vor den dunklen Fensterscheiben des Goldesels hatte sie kurz gehalten, aber das Büro schien noch immer verlassen zu sein. Lediglich ein dunkler BMW, der ihr irgendwie bekannt vorkam, parkte an der seitlichen Einfahrt zum Hof. Doch nachdem sie etwa eine Stunde gewartet hatte, in der nichts passiert war, war sie schließlich wieder nach Hause gefahren.

Etwa zur gleichen Zeit, während Anke Frerichs zu Fuß durch Oldenburg stiefelte, saß Enno Melchert über einem Stapel Akten und Zeitungsauschnitten. Im Hintergrund lief wie so oft ein Hörspiel. Diesmal eins von Jason Dark, »Geisterjäger John Sinclair – Folge 4 – Dämona, Dienerin Satans«. Heftige Gitarrenriffs schallten durch das Büro. Unbewusst sprach er das Intro mit.

Er wollte einfach noch mal alles durchchecken. Vielleicht ließ sich ja noch irgendein neuer Ansatzpunkt finden, etwas, was sie vielleicht übersehen hatten ...

»Also gut«, sagte er laut zu sich selbst. »Reset. Noch mal alles von vorne. Gehe ich den ganzen Scheiß eben noch einmal von Anfang an durch.«

Stunde um Stunde verging, ohne dass er auch nur einen Schritt weitergekommen wäre.

Er lief ruhelos im Büro auf und ab und versuchte durch Reiben seiner Handflächen an der Stirn die Kopfschmerzen zu vertreiben, die ihn seit seiner Entlassung aus dem Krankenhaus immer wieder heimsuchten. Vergeblich.

Das Geräusch einer eingehenden E-Mail zog seine Aufmerksamkeit auf den Computer. Johann Röver von den Sondengängern war der Absender. Enno überflog die Betreffzeile, dann öffnete er die beiliegende Datei.

Mit wachsender Neugier widmete er sich dem Inhalt, einer ordentlich sortierten Excel-Liste. In Zeile 17 stieß er auf etwas Interessantes, ein Name ließ etwas in ihm klingeln. Seine Augen weiteten sich. Konnte das sein? Das war er, der fehlende Hinweis, eine Verbindung! Um ganz sicherzugehen, kramte er in Anke Frerichs' Unterlagen herum und fand in ihrem Notizbuch auf Seite 63 den Namen, den er gesucht hatte. Zur Sicherheit glich er die Daten mit den ermittelten Inhalten in der elektronischen Fallakte ab. Sie passten zusammen.

Für einen Moment lehnte Enno sich entspannt und zufrieden zurück, dann wurde ihm klar, was diese Information bedeuten konnte. Ohne auch nur eine weitere Sekunde zu vergeuden, griff er zum Telefon und wählte Vollmers' Nummer.

Werner Vollmers stand währenddessen in Schlips und Kragen am Rande einer großen Menschenmenge im großen Saal des Polizeipräsidiums am Friedhofsweg und hielt ein halbleeres Glas alkoholfreies Bier vor sich. Er hasste Veranstaltungen wie diese. Sie waren ihm ein Graus, nicht enden wollende Reden, verlogene Lobhudeleien und viel zu viel Smalltalk. Heute war so eine Veranstaltung – mit Anwesenheitspflicht. Kriminaloberrat - Heinz Hensel trat heute die Nachfolge von Kriminaldirektor Henning von Dincklage als Leiter des Zentralen Kriminaldienstes der Polizeiinspektion Oldenburg-Stadt/Ammerland an. Hensel wurde vom Polizeipräsidenten und dem Bürgermeister in seinem neuen Amt begrüßt. Da durften Vollmers, seine Kollegen und die Presse natürlich auch nicht fehlen.

Der 54-jährige Hensel hatte, ebenso wie Vollmers, zunächst eine Ausbildung zum Konditor gemacht und war dann 1974, drei Jahre nach der Geburt von Vollmers' einzigem Sohn, als Kriminalwachtmeister in den Polizeidienst eingetreten. In seiner Laufbahn hatte er sich einen beachtlichen Ruf als ausgezeichneter Todesursachenermittler erworben. Außerdem hatte er an der Fachhochschule der Polizei gelehrt, dort, wo auch Torben Kuck seinen Abschluss gemacht hatte, und leitete dann den Zentralen Kriminaldienst der Polizeiinspektion Wilhelmshaven/ Friesland/ Wittmund. Vollmers hatte ihn bereits bei verschiedenen Gelegenheiten getroffen und kam bisher gut mit ihm aus. Er hatte schon so einige kommen und gehen sehen. Hensel sollte vor seiner Pensionierung hoffentlich der letzte Leiter des ZKD werden. Das würde ihm zumindest eine weitere Feierlichkeit dieser Art ersparen.

Vollmers versuchte sich möglichst unauffällig zu verhalten, doch schon hatte ihn Johann Kühme entdeckt und kam durch das Gedränge auf ihn zu. Auf Kühme hatte Vollmers nun so gar keine Lust. Aktuell ermittelte nämlich die Oldenburger Staatsanwaltschaft gegen den Präsidenten der Oldenburger Polizeidirektion. Die Behörde sah einen begründeten Anfangsverdacht auf Untreue. So wurden kürzlich Kühmes Diensträume durchsucht. Ob an der Sache etwas dran war oder nicht, interessierte Vollmers nicht. Aus Erfahrung wusste er, dass immer ein Körnchen Wahrheit in so einer Anschuldigung steckte, aber er wusste auch, dass oftmals politische oder taktische Gründe zu einer solchen Anschuldigung führten – und solche Spiele mochte er gar nicht.

Jetzt wollte sich Kühme wahrscheinlich über den aktuellen Stand der Dinge im Fall Brandhorst erkundigen. Vollmers hatte keine Lust auf Diskussionen. Die Sache mit der Entführung von Tanja Bremer und der Abzug von Anke Frerichs setzte ihm mehr zu, als er zugeben mochte.

Der Polizeipräsident hatte ihn fast erreicht und begann bereits auf den Hauptkommissar einzureden, als dessen Handy klingelte. Enno Melchert war am anderen Ende. Seine Stimme überschlug sich fast vor Aufregung.

Vollmers drückte das Handy fest an sein Ohr, gleichzeitig bedeutete er Kühme zu schweigen. Vollmers' Augen weiteten sich vor Überraschung, als er Enno Melchert endlich dazu bekommen hatte, sich verständlich auszudrücken.

»Gut, wir dürfen keine Zeit verlieren. Wir sehen uns in fünf Minuten unten an deinem Wagen. Du fährst! Und vergiss um Gottes Willen deine Waffe und die kugelsicher Weste nicht. Ich verständige ein Einsatzteam. Bis gleich!« Vollmers legte auf, drückte dem verwirrt dreinblickenden Kühme sein Bierglas in die Hand und rannte aus dem Raum – das Handy bereits wieder am Ohr.

## 28

Als Tanja Bremer aus der Bewusstlosigkeit erwachte, war es stockdunkel um sie herum, kein Laut drang an ihre Ohren. Es war totenstill. Sie lag benommen, die Hände vor dem Bauch gefaltet, auf dem Rücken auf einer weichen Unterlage. Ihr Kopf dröhnte vor Schmerzen, ihr Mund war staubtrocken. Das Schlucken und das Luftholen bereiteten ihr große Schwierigkeiten. Sie versuchte sich zu orientieren und zu bewegen, doch schon nach wenigen Zentimetern stieß ihre Schulter gegen einen weichen Widerstand. Behutsam tastete sie erst mit der linken und dann mit der rechten Hand danach. Sie bekam weichen Stoff, vielleicht Seide, zu fassen. Ein Anflug von Panik ließ ihr Herz schneller schlagen und pumpte Adrenalin durch ihre Adern. Tränen schossen ihr in die Augen. Sie zwang sich mit schier unmenschlicher Kraft zur Ruhe, während sich ihr Verstand gegen die langsam, aber unaufhaltbar zur Gewissheit werdende Wahrheit wehrte.

Tanja Bremer ließ ihre Hand Stück für Stück seitlich nach oben wandern. Nach einem kurzen Stück war auch hier Schluss. Vorsichtig drückte sie gegen den Stoff. Ihre dunkle Vorahnung wurde zur Gewissheit: Sie lag in einem Sarg.

Plötzlich nahm sie wie aus weiter Ferne leise Stimmen wahr. Jemand schien zu streiten. Ein Hoffnungsschimmer keimte in ihr auf. Wenn sie sie hören konnte, dann hatte man sie wahrscheinlich noch nicht begraben, dann bestand die Chance, dass sie sie auch hören konnten. Wenn sie sich nur irgendwie bemerkbar machen könnte! Sie schrie und tobte und schlug aus Leibeskräften mit den Händen und Füßen gegen die gepolsterten Wände des Sarges. Sie steckte die Finger in den Mund und stieß einen gellenden Pfiff aus. Keuchend und völlig ausgepowert lauschte sie gespannt in die Stille. Nichts war zu hören. Hatte sie sich getäuscht? War da am Ende gar niemand gewesen, und sie hatte sich die Stimmen nur eingebildet und lag bereits, zu einem qualvollen Tod durch Ersticken verurteilt, in zwei Metern Tiefe unter der Erde? Nackte Verzweiflung ergriff Besitz von ihr. Da, ein leises Wispern. Sie hielt den Atem an und lauschte. Nichts.

Plötzlich durchfuhr sie ein leichtes Ruckeln, der Sarg schien sich zu bewegen. Die Rettung?

Tanja Bremer schöpfte Hoffnung, mobilisierte noch einmal alle Kräfte und schrie sich die Seele aus dem Leib. Sie hämmerte mit den Fäusten gegen das verkleidete Holzgefängnis und lauschte erneut, doch was sie dann vernahm, ließ ihr das Blut in den Adern gefrieren.

»Halt verdammt nochma endlich der Schnauz, Schlampe!«

## 29

Enno Melchert raste auf der Cloppenburger Straße stadtauswärts in Richtung Bümmerstede. Ziel: das Krematorium am Parkfriedhof in der Sandkruger Straße. Werner Vollmers saß neben ihm und rief aufgeregt Anweisungen in sein Handy, während er sich mit der rechten Hand krampfhaft am Türgriff festhielt. Währenddessen traktierte Melchert die Schaltung des Sciroccos durch unablässiges Rauf- und Runterschalten. Er versuchte unentwegt eine passende Lücke im zäh fließenden Verkehr zu finden. Gefolgt von wildem Dauergehupe rasten sie an der großen Esso-Tankstelle mit der dahinterliegenden Waschstraße und dem neuen Veranstaltungszentrum vorbei, ließen Restaurants, Blumenläden und die Apotheke hinter sich, um dann direkt bei Ennos Wohnung fast in einen Lkw zu krachen, der gerade neue Fleischberge an Burger King geliefert hatte und die Straße komplett versperrte. Enno fluchte, schaltete zwei Gänge runter und wich nach links auf den Bürgersteig aus. Wie in einer amerikanischen Actionserie raste er auf dem Bürgersteig an einer Fahrschule und einem Friseur vorbei, wich einer junge Frau mit Kinderwagen aus, ehe er wieder zurück auf die Fahrbahn zurückschoss und weiter beschleunigte.

Als sie an der JVA vorbeikamen, musste Vollmers an den einen oder anderen Insassen denken, für dessen Aufenthalt er und seine Kollegen die Verantwortung trugen. Komischerweise musste er auch an den Oldenburger Krimiautor und ehemaligen Pastor Manfred Brüning denken, der sich vor kurzem aus Recherchegründen für sein neues Buch hier eine Woche hatte einsperren lassen.

Eine erneute Vollbremsung, gefolgt von wildem Hupen riss ihn aus seinen Gedanken. Sein Handy klingelte.

»Wir sind vor Ort. Sollen wir reingehen?«

Die Stimme gehörte Horst Krüger, dem Leiter der Sondereinheit, die Vollmers angefordert hatte. Die Verbindung wurde durch ein Rauschen und Knacken unterbrochen. Vermutlich trug Krüger unter seinem Helm das obligatorische Headset mit eingebautem Mikrofon.

»Negativ. Wir sind in circa zwei Minuten bei euch«, sagte Vollmers, während Enno Melchert den Scirocco links herumriss und erneut auf den Bürgersteig lenkte, um die Ansammlung von wartenden Autos vor der Ampel zu umgehen, die die Abbiegespur blockierten. Er fuhr so dicht an der Eingangstür von Sport Schöbel vorbei, dass es einen Kunden, der seinen neu bespannten Schläger abholen wollte, geradezu von den Beinen riss.

»Verstanden!« tönte es aus dem Handy.

Vollmers legte auf und betete, dass sie nicht zu spät kommen würden.

## 30

Tanja Bremer war wie gelähmt. Der Sarg bewegte sich weiter, als ob er irgendwo hingeschoben würde. Kurz nachdem er wieder zum Stehen gekommen war, hörte sie undeutlich, wie eine schwere Tür oder ein Tor zugeworfen und anschließend verriegelt wurde. Dann war es still.

Sie war allein. Verzweifelt und am Ende ihrer Kräfte schloss sie die Augen. Ein gedämpftes bollerndes Geräusch, wie man es von Zuhause beim Anspringen der Gastherme kennt, ließ sie zusammenfahren. Fast augenblicklich wurde es merklich wärmer um sie herum.

Sie ahnte, was das zu bedeuteten hatte. Es wurde Zeit, Abschied zu nehmen.

Sie dachte an Anke, an ihre Familie, an die eine oder andere nicht ausgesprochene Entschuldigung – und an Florida. Ihre Gedanken wanderten über Key West nach Miami, Neaples nach Fort Myers Beach. Sie und Anke liebten den kleinen vorgelagerten Küstenort. Ein Ort wie aus einem Werbeprospekt: mit exotischen Wildtieren, unberührten weißen Sandstränden und Hunderten von unbewohnten Inseln am Golf von Mexiko. Im kommenden Februar wollten sie eigentlich wieder dort hinfahren. Flug und Leihwagen waren schon gebucht. Sie freuten sich auf das kleine Motel in der 1051 Third Street. Das Sun Deck Inn & Suites sollte zum fünften Mal ihr Heimathafen in den USA werden. Von hieraus wollten sie wie schon so oft in den letzten Jahren Florida bereisen, doch diese Reise im kommenden Frühjahr sollte für die beiden eine ganz besondere werden – zum Abschluss wollten sie sich in Key West, in der Stadt, in der Hemingway lange gelebt und gearbeitet hat, das Ja-Wort geben. Anschließend sollte es auf einem Kreuzfahrtschiff in die Flitterwochen gehen ...

Sie würde wohl nie wieder über den San Carlos Blvd auf die Insel fahren, nie wieder die frische Meeresbrise auf dem Fishing Pier genießen und nie wieder das helle Lachen ihrer Freundin hören, wenn sie auf Jetskis den Delphinen hinterherjagten und mit ihnen spielten. Eine unglaubliche Traurigkeit überfiel sie und schnürte ihr die Kehle zu.

Der Geruch nach angesengtem Holz drang zu ihr herein und riss sie aus ihren Träumen zurück in die grausame Wirklichkeit. Die Bilder von schreienden Möwen, jonglierenden Straßenmusikanten und gut gelaunten Menschen in bunten Badehosen und Bikinis verblassten schlagartig. Mit voller Wucht wurde ihr die Ausweglosigkeit ihrer Situation bewusst.

Während der alles verzehrende Feuersturm um sie herum immer lauter und lauter wurde, machte sie ihren Frieden mit der Welt – und eine letzte einsame Träne lief ihr aus dem Augenwinkel die Wange hinab ...

## 31

Als Enno Melchert und Werner Vollmers am Krematorium ankamen und in die Einfahrt der Einäscherungsanstalt einbogen, wären sie beinahe mit einem dunkelgrauen VW Caddy zusammengestoßen. Für einen Sekundenbruchteil trafen sich die Blicke der Fahrer, dann waren sie auch schon vorbei.

Auf dem Hof warteten Horst Krüger und seine Leute. Vollmers und Enno sprangen aus dem Wagen. Nach einer kurzen Lagebesprechung war die Vorgehensweise klar. Krügers Männer umstellten das Gebäude und sicherten die Zu- und Ausgänge.

Im Anschluss formierte sich ein Stoßtrupp unter Krügers Führung und betrat das Gebäude. Vollmers und Melchert folgten mit gezückten Pistolen.

Das Gebäude schien verlassen, trotzdem war eine der Brennkammern in Betrieb. Ein fürchterlicher Verdacht keimte in ihnen auf. Durch ein kleines Sichtfenster konnte man in die Kammer sehen. Ein angekohlter Sarg stand in der Mitte, die Flammen züngelten am Holz und schlossen ihn fast vollständig ein. Ihre Blicke wanderten umher. Dann schwärmten sie aus und suchten nach einem Notschalter oder einer anderen Möglichkeit, die Kammer zu öffnen. Nichts. Gleichzeitig forderte Krüger über Funk einen Feuerlöscher und eine Ramme an.

Dann – die Rettung. Enno Melchert entdeckte das Bedienpult zuerst. Ohne groß nachzudenken, schlug er wahllos auf die Schalter ein, um den

Brennvorgang in der Kammer zu stoppen. Er hatte Glück. Er musste den richtigen Schalter erwischt haben. Das monotone Rauschen, das bis eben noch den Raum erfüllt hatte, verebbte, die Flammen im Brennraum erstarben, und ein lautes Klacken signalisierte, dass der automatische Sicherheitsverschluss entriegelt wurde.

## 32

Anke Frerichs bekam ihre Lebensgefährtin erst zu Gesicht, als diese bereits im Krankenwagen lag und ärztlich versorgt wurde. Ihr stockte der Atem. Drei Sanitäter und eine Ärztin kämpften um Tanjas Leben. Überall waren Schläuche, Kabel und Infusionsbeutel zu erkennen.

Anke schossen die Tränen in die Augen. Sie wollte nicht wahrhaben, was sie dort mit ansehen musste – sie wollte Tanja um nichts auf der Welt verlieren. Erst die Erleichterung, dass die Kollegen sie gefunden und befreit hatten, dann der Schock. Tanja war durch das Feuer dermaßen dehydriert, dass sie mehrmals kollabiert war. Ihr Zustand war mit jemandem vergleichbar, der mehrere Tage ohne Wasser durch die Wüste gezogen ist.

Plötzlich vernahm Anke Frerichs das Signal des EKG, das Kammerflimmern anzeigte – gleich gefolgt von den dröhnenden Stromstößen des Defibrillators. Sie verbarg das Gesicht in den Händen.

Eine Hand legte sich auf ihre Schulter. Werner Vollmers war hinter sie getreten.

»Sie wird das schaffen. Sie ist stark.«

Dann – ein gleichmäßiges Piepen signalisierte, dass der Puls wieder da war. Tanja war wieder da. Sie kämpfte! Anke Frerichs schöpfte Hoffnung. Doch dann erklang erneut das durch Mark und Bein dringende Geräusch, das eine Nulllinie verkündete. Das war zu viel für sie. Ihre Beine gaben nach, und sie sackte ohnmächtig in sich zusammen.

## 33

Etwa drei Stunden später, als Werner Vollmers in Begleitung von zwei uniformierten Beamten die staubige Steinmetzwerkstatt an der Nadorster Straße betrat und sich ihre Blicke trafen, ahnte Dragoslav Volkova sofort, dass das Spiel aus war und der Kommissar Bescheid wusste. Der riesige Steinmetzgeselle versuchte weder zu fliehen noch etwas abzustreiten.

Hinter ihnen öffnete sich eine Tür. Jan Wandscher trat in den Mittelgang zwischen Büro und Werkstatt. Irritiert wanderte sein Blick von Vollmers zu seinem Gesellen und wieder zurück zu den Beamten.

»Vollmers, was ist denn hier los?«

Der Kommissar schwieg jedoch und nickte den Beamten zu. Noch bevor weitere Worte gewechselt werden konnten, hatte man den Steinmetzgesellen in Handschellen gelegt und aus dem Haus geführt. Vollmers folgte ihnen.

Zurück blieb ein verwirrter Jan Wandscher. Er würde am nächsten Tag aus der Presse erfahren, was ihm die ganzen letzten Jahre verborgen geblieben war.

Etwa zur gleichen Zeit klingelte Enno Melchert, ebenfalls in Begleitung von mehreren Beamten, an der Haustür eines schicken Einfamilienhauses in Ofenerdiek. Eine junge, adrett gekleidete Frau öffnete ihnen die Tür, in der Hand hielt sie einen Kulturbeutel, im Flur hinter ihr stand ein halb gepackter Koffer. Enno Melchert musste nichts sagen, auch sie wusste, dass es vorbei war. Widerstandslos ließ sie sich die Handschellen anlegen und von den Beamten zu einem Passat Kombi bringen.

Während der silberblauen Polizeiwagen mit der Frau auf dem Rücksitz vom Hof fuhr, betrat Enno Melchert mit zwei Kollegen von der Spurensicherung das Haus, um sein Inneres einer genauen Untersuchung zu unterziehen und mögliche Beweise zu sichern. Zwei weitere Kollegen kümmerten sich um die Außengebäude. Auch die Garage und das Gartenhäuschen ließen sie nicht aus. Es würde ein ergiebiger Nachmittag werden.

## 34

Als Anke Frerichs wieder erwachte und sich irritiert umblickte, erkannte sie sofort, wo sie sich befand. Die zwei Bilder von August Macke vor der grau gestrichenen Wand ließen keinen Zweifel zu. Sie lag genau in demselben Krankenhauszimmer, in dem sie vor nicht allzu langer Zeit mit Enno Melchert gelegen hatte. Ironie des Schicksals.

Ihr Kopf schmerzte, ihre linke Hand wanderte zu ihrer Schläfe hinauf; sie zuckte, als sie den Verband berührte, der ihren Kopf zierte.

Was war passiert? Sie konnte sich nur noch daran erinnern, dass sie bei Tanja am Krankenwagen stand, und plötzlich war alles schwarz.

Tanja! Wo war sie? Was war mit ihr passiert?

Ein leises, gleichmäßiges Piepen ließ sie den Kopf wenden. Im Bett neben ihr lag Tanja Bremer. Ihr Brustkorb hob und senkte sich in gleichmäßigen Zügen. Erleichterung machte sich in Anke breit.

Ein leises Räuspern zog ihre Aufmerksamkeit auf sich.

»Alles wird gut. Sie ist über den Berg«, sagte Vollmers leise.

An einem Tisch in der Ecke saßen er und Enno Melchert und grinsten sie an. Eine Sonnenblume in einer Pappvase stand zwischen ihnen.

»Was ist passiert?« fragte Anke.

»Als Tanja erneut kollabiert ist, bist du ohnmächtig geworden und mit dem Kopf auf die Ladekante des Krankenwagens gefallen«, klärte Vollmers sie auf. »Gehirnerschütterung und Halswirbeltrauma.«

Anke Frerichs trat die Schamesröte ins Gesicht. Ihr Blick wanderte durchs Zimmer.

Mehrere Zeitungen lagen auf dem Tisch. Allen gemein: die reißerischen Schlagzeilen auf den Titelseiten. Die Nordwest-Zeitung und der Weser Kurier widmeten den Geschehnissen sogar vier Sonderseiten im Innenteil. Haarklein wurden die spektakulären Ereignisse der letzten Wochen bis ins Detail aufgearbeitet.

»Und, was schreiben die Zeitungen? Kommen wir diesmal etwas besser weg?« fragte Anke mit einem Blick auf den Zeitungsberg.

Vollmers nahm eines der Blätter vom Tisch. Er lächelte. Dann las er vor:

### Oldenburger Zahngold-Bande geschnappt. Entführte Erzieherin gerettet
*Von Lars Unruh*

*Ein Verbrecherehepaar schändete mindestens fünfzehn Friedhöfe in Oldenburg und dem naheliegenden Umland. Eine Mitarbeiterin des Oldenburger Krematoriums und ihr Mann, ein Steinmetz, raubten über Monate Gold und Edelmetalle aus Gräbern und Urnenfeldern. Sie sollen so mehr als 100.000 Euro erbeutet und das Geld für Luxusreisen, teure Autos und Spielhallenbesuche ausgegeben haben. Diverse Oldenburger Goldhändler scheinen ebenfalls in die Sache verwickelt.*

*Die erforderlichen Hintergrundinformationen über die potenziellen Fundorte bekam der Steinmetz aus erster Hand von seiner Frau aus dem Krematorium. Zusätzlich kamen hochtechnische*

*Geräte zum Einsatz, die typischerweise von Sondengängern zum Aufspüren von Schätzen oder Munition genutzt werden. So konnte aus alten Gräbern Gold und Schmuckstücke geraubt werden. Die durch seine Tätigkeit als Steinmetz erworbene Ortskenntnis war zusätzlich dienlich.*

*Zu dem Mord an dem Friedhofgärtner Heino Brandhorst kam es, weil er dem Pärchen bei einem Raubzug auf dem St. Gertrudenkirchhof im Rahmen einer außerplanmäßigen Nachtwache in die Quere kam. Der äußerst brutal niedergeschlagene Friedhofsgärtner hatte keine Chance, daher wird sich das Paar ebenfalls wegen Totschlags in besonders schwerem Maße verantworten müssen. Ein rostiges Stemmeisen, das ansonsten zum Verschieben von Grabplatten oder -steinen benutzt wurde, wurde bei dem Beschuldigten im Haus sichergestellt und konnte als Tatwaffe identifiziert werden.*

**Rätsel um vermeintlich satanisches Symbol ebenfalls gelöst**

*Das Paar hatte das frei erfundene Symbol lediglich auf die Wände gesprüht, um die Ermittler in die Irre zu führen und den Verdacht auf die Schwarze Szene zu lenken. Das geköpfte Huhn, das einem der Ermittler vor die Tür gelegt wurde, ging ebenfalls auf das Konto der beiden.*

*Erheblichen Anteil am Fahndungserfolg hat Johann R., ein passionierter Sondengänger und 1. Vorsitzender der Interessengemeinschaft Sondengänger zwischen Weser und Ems, der den Ermitt-*

*lern den entscheidenden Hinweis lieferte. So konnte schließlich nicht nur der Zusammenhang zwischen den Schändungen und dem Mord hergestellt werden, sondern auch die vor einer Woche entführte Lebensgefährtin von Anke F. befreit werden. Die Erzieherin Tanja B. war von dem Verbrecherpaar aus ihrer Wohnung entführt und ins Oldenburger Krematorium gebracht worden, um dort bei lebendigem Leibe verbrannt zu werden. Sie befindet sich auf dem Weg der Besserung.*

*Svetlana V. und ihr Mann Dragoslav V. wurden mittlerweile einem Haftrichter vorgeführt und haben eine Tatbeteiligung zugegeben. Sie müssen sich zusätzlich wegen »Störung der Totenruhe« verantworten. Das dürfte aber im Verhältnis das kleinere Übel sein. Die Anklagepunkte versuchter Mord, Totschlag und Entführung dürften dafür sorgen, dass die beiden für sehr lange Zeit hinter schwedischen Gardinen verschwinden werden.*

*Im Rahmen der noch immer andauernden Ermittlungen wurden unterdessen auch die Personalien eines weiteren Mittäters festgestellt, der sich jedoch noch auf freiem Fuß befindet. Der Mann wurde zur Fahndung ausgeschrieben. Es handelt sich um einen circa dreißigjährigen, etwa zwei Meter großen Mann mit blauen Augen namens Andrej Sorokin, Betreiber eines Gold- & Silberankaufs aus Kreyenbrück. Er ist vermutlich mit einem schwarzen BMW auf dem Weg in ein osteuropäisches Land. Inwieweit ihm eine Kenntnis oder gar Tatbeteiligung in dem Mordfall Brandhorst nachgewiesen werden kann, ist fraglich und wird nach der Ergreifung zu klären sein.*

*Auszuschließen indes ist nicht, dass noch weitere Goldhändler und einige Schrotthändler in den Fall verwickelt sind. Bernhard Liek, der Leiter des Oldenburger Krematoriums, hingegen will von dem Ganzen weder gewusst noch ansatzweise etwas geahnt haben und zeigte sich gegenüber der Presse entsetzt ob eines solch grässlichen Verbrechens und des Vertrauensmissbrauchs seiner Angestellten. »Ich weiß gar nicht, was ich sagen soll, Frau V. machte auf mich immer einen vertrauenswürdigen Eindruck. Sie hatte Zugang zu allen Unterlagen, ich hätte nie gedacht, dass sie das so schamlos ausnutzen würde.« Bisher wurde Liek von den beiden Tätern nicht belastet.*

*Auch die Oldenburger Politik und Verwaltung haben umgehend auf die Geschehnisse reagiert. In Zukunft wird bei der Einäscherung aufgefundenes Zahngold nicht mehr wie bisher bei den Verstorbenen belassen, sondern wie in Osnabrück gesammelt und dann durch Verkauf desselben dem Staatshaushalt zugeführt.*

*»Wir werden diesen Vorgang mit einer größtmöglichen Transparenz, aber auch der notwendigen Pietät behandeln«, so ein Sprecher der Stadt Oldenburg.*

Vollmers faltete die Zeitung sorgfältig zusammen und legte sie zurück auf den Tisch.

»Na ja, alles in allem kommen wir ja gut davon«, sagte Anke Frerichs und ließ das Kopfteil des Bettes wieder in die Waagerechte fahren, dann sagte sie: »Ich danke euch! Ohne sie«, ihr Blick wanderte zu Tanja Bremer, »hätte ich nicht weiterleben wollen. Ihr habt was gut bei mir!«

Enno Melchert und Werner Vollmer schwiegen. Manchmal brauchte man keine Worte, um sich zu verstehen.

## 35

Zwei Tage später. Hauptkommissar Werner Vollmers und seine Frau Gabriele standen an dem frisch ausgehobenen Grab, in das sie soeben ihre Katze hineingelegt hatten, und hielten sich schweigend an der Hand. Es nieselte leicht, feinste Wassertröpfchen vermischten sich mit ihren Tränen, als plötzlich das Klingeln eines Telefons die Stille durchbrach.

Vollmers zog sein Mobiltelefon aus der Jackentasche und starrte mit trüben Augen auf das vibrierende Gerät. »Rechtsmedizin Oldenburg« stand auf dem Display. Traurig schaute Vollmers seine Frau an. Schweigend drehte sie sich weg, dann betätigte er den Annahmeknopf und meldete sich.

»Vollmers.«

Am anderen Ende der Leitung war nicht wie zu erwarten Elena Braun, sondern ihre Assistentin, Irena Barkemeyer.

»Hallo Herr Vollmers, ich hoffe, ich störe nicht.« Vollmers schwieg. »Ich habe den Fallschirm der jungen Frau aus Westerstede nun eingehend untersucht. Ich habe unerschütterliche Hinweise gefunden, die auf ein Fremdverschulden hindeuten. Sie hatten gesagt, ich soll Sie anrufen.«

»Sind Sie im Institut?« fragte Vollmers. Sein Blick wanderte durch den Garten, vorbei an dem kleinen Teich, dem kleinen blauen Schuppen und das hinter Büschen versteckt wartenden Wohnmobil, zurück zum Grab ihrer Katze und weiter zu seiner Frau, die ihn aus verweinten Augen ansah.

»Ja, ich bin hier.«

»Gut, ich bin in etwa zwanzig Minuten bei Ihnen.«

Schweigend steckte er das Handy zurück in die Jackentasche. Es hatte aufgehört zu nieseln. Er nahm die Brille ab und wischte sich mit seinem alten Stofftaschentuch die Augen. Keine Zeit für Tränen. Der Tod war sein stetiger Begleiter. Kein guter Freund, eher ein alter Bekannter, der immer mal wieder zu Besuch kam. Ein ungebetener Gast mit schlechtem Atem von übler Gesinnung.

Und wie immer häufiger in der letzten Zeit, fragte sich Vollmers, wann er wohl endlich zum letzten Mal zu ihm kommen würde …

## EPILOG

Die Nordwest-Zeitung berichtet:

### *Ein Zeichen gegen Rechts: Malerfirma befreit jüdischen Friedhof von Hakenkreuzschmierereien*

**Osternburg** Vorbildliche Aktion der am Scheideweg ansässigen Malerfirma Janßen & Sohn: Der Betrieb reinigte in den vergangenen Tagen auf eigene Kosten die acht mit Hakenkreuzen verunstalteten Grabsteine sowie die beschmierte Fassade der Trauerhalle auf dem jüdischen Friedhof an der Dedestraße in Osternburg. Der Inhaber des 1925 gegründeten Unternehmens Eckhard Janßen bekam dabei tatkräftige Unterstützung von Günter Klein.

*»Als ich von der Tat las, habe ich Eckhard sofort kontaktiert. Diese Schmierereien auf dem Friedhof mussten schnellstmöglich verschwinden«, so Klein. Die Reinigung war nicht einfach gewesen. »Bei Grabsteinen aus Sandstein muss man besonders vorsichtig arbeiten, um die Beschriftung nicht kaputt zu machen oder gar ganz zu entfernen«, erklärte Janßen. Seit 2004 gab es sechs Anschläge auf den Friedhof, meist Schmierereien. Dadurch entstanden bisher Kosten in Höhe von 37.500 Euro.*

*Bodo Gideon Riethmüller vom Landesverband der Jüdischen Gemeinden Niedersachsen und Beauftragter für die jüdischen Friedhöfe bedankte sich bei beiden mit einem Buchgeschenk und lud sie zur Chanukkafeier in die Oldenburger Synagoge ein.*

## Anmerkung und Danksagung

Alles ist wahr. Nichts ist wahr. Die eigentliche Handlung und fast alle Akteure sind frei erfunden. In diesem Band sind jedoch reale Ereignisse und real existierende Personen sehr viel enger miteinander verwoben als im ersten Teil. Man könnte dieses Buch daher auch ein Real-Life-Doku-Regio-Krimi nennen. Welche das waren, überlasse ich der Fantasie der Leser oder ihrer Findigkeit bei Google.

Den Steinmetzmeister Jan Wandscher und seinen Betrieb gibt es übrigens tatsächlich, aber natürlich hatten er oder sein Geselle nie etwas mit einem Mord zu tun. Ich bedanke mich zusätzlich bei ihm für die Zeichnung des »satanistischen Symbols«.

Ich danke meinen Eltern, Kommissar Werner Vollmers, Anke Frerichs und Enno Melchert sowie meinem Stern Marlies, die mich immer unterstützt und antreibt.

Ich bedanke mich ebenfalls bei Timo Neuhaus, der mir ein Kapitel aus seinem hoffentlich bald erscheinenden Erstling »Nightcache« zur Verfügung gestellt hat.

Mein abschließender Dank geht natürlich an die Leser, die dieses Buch gekauft haben, denn für sie macht man das Ganze ja schließlich! Ich freue mich, den einen oder anderen einmal persönlich auf einer meiner Lesungen kennenzulernen und über ein Feedback per E-Mail oder auf Facebook.

Axel Berger, 2014

Der erste Fall für Vollmers, Frerichs und Melchert:

**DER FALLENSTELLER**

November 2013
ISBN 978-3-89841-724-2
Broschur, 148 Seiten
9,80 Euro
Erhältlich auch als eBook.

Ein skrupelloser Mörder hält Oldenburg in Atem. Innerhalb kürzester Zeit sind ihm bereits mehrere Menschen zum Opfer gefallen. Das Team um Kommissar Vollmers tappt im Dunkeln. Ein Motiv für die Taten lässt sich nicht finden, noch weniger ein Verdächtiger. Dann nimmt der unbekannte Täter Kontakt zu ihnen auf – und die Ermittler erkennen, dass sie und ganz Oldenburg Teil eines tödlichen Spiels sind. Ein Wettlauf mit der Zeit beginnt ...

**Mit Vollmers, Frerichs und Melchert bekommt Oldenburg ein neues Ermittlerteam, das perfekt zur Huntestadt passt: warmherzig, humorvoll und clever!**

Der dritte Fall für Vollmers, Frerichs und Melchert:

## DER EINDRINGLING

In Oldenburg fallen ahnungslose Bürger vergifteten Lebensmitteln und präparierten Kosmetikartikeln mit ätzenden Substanzen zum Opfer. Unerkannt dringt der Täter dafür in die Häuser ein. In der Bevölkerung droht Panik auszubrechen. Vollmers, Frerichs und Melchert tappen von einer Sackgasse in die andere – und werden an die Grenzen ihrer Belastbarkeit gebracht …

**Leseprobe:**
Er genoss es mit jeder Faser seines Seins, hier in der Nacht zu stehen, still und unbewegt, die Kapuze seiner schwarzen Jacke tief ins Gesicht gezogen, mit der Dunkelheit zu verschmelzen und ganz nah bei ihnen zu sein. Tag für Tag, Stunde für Stunde, Minute für Minute. Er lebte ihr Leben, sah mit ihnen fern, aß mit ihnen, trank mit ihnen, feierte mit ihnen und ging mit ihnen zu Bett. Er studierte ihren Alltag, lernte ihre Gewohnheiten und ihre täglichen, immer gleichen Abläufe kennen. Jedes noch so kleine Detail aus ihrem Leben, jede Abweichung von der gewohnten Routine oder neue Situationen nahm er in sich auf und integrierte sie in seins.

Unbemerkt und hinterhältig wie ein Virus drang er in ihr Leben ein, schlich sich in ihre Familien und wurde so ein Teil von ihnen – ein tödlicher Teil. Oft war er ihnen so nah, dass er sie hätte anfassen können, wäre da nicht das Glas der Fensterscheibe gewesen, das verzweifelt versuchte, die trügerische Illusion von

Sicherheit aufrecht zu erhalten und sie vor ihm zu beschützen.